Die drei ???® *Kids*

Flucht in die Zukunft

GW00566705

STECKBRIEF

Name:
Justus Jonas

Alter:
10 Jahre

Adresse:
Rocky Beach, USA

was ich mag:
essen, lesen, unbeantwortete
Fragen + Rätsel aller Art, Schrott

was ich nicht mag:
wenn ich Pummelchen genannt
werde, für Tante Mathilda aufra

was ich mal werden will:
Kriminologe

Kennzeichen:
das weiße Fragezeichen

was ich mag:
schwimmen
Justus und

was ich nicht mag
für Tante M
räumen, !

was ich mal werde
Profisportle
100 Jahre a

Kennzeichen:
blaues Fra

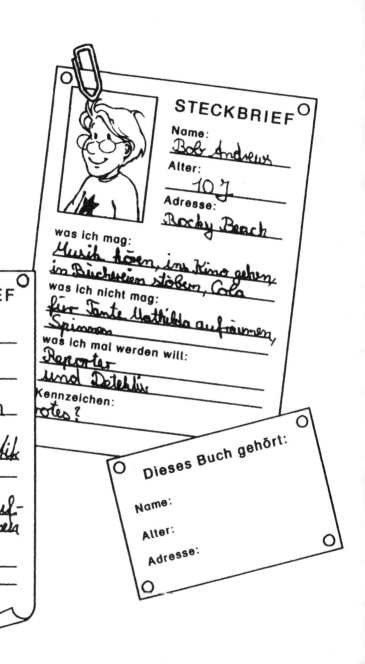

Ulf Blanck, 1962 in Hamburg geboren, hat neben seinem Architekturstudium zwölf Jahre lang in einer Theatergruppe gespielt und dabei sein Interesse für Bühnenstücke und das Hörspiel entdeckt. Heute arbeitet er als Moderator, Sprecher und Comedy-Autor bei verschiedenen Hörfunksendern. ›Flucht in die Zukunft‹ ist ein neues spannendes Abenteuer mit dem berühmten Detektivtrio Justus, Peter und Bob — für jüngere Leser ab acht Jahren!

Weitere ›Die drei ???® *Kids*‹-Bände bei <u>dtv</u> junior: siehe Seite 6

Die drei ???® *Kids*

Flucht in die Zukunft

Erzählt von Ulf Blanck

Mit Zeichnungen von Stefanie Wegner

Deutscher Taschenbuch Verlag

Weitere ›Die drei ???® *Kids*‹-Bände bei <u>dtv</u> junior:

Panik im Paradies, <u>dtv</u> junior 70809

Radio Rocky Beach, <u>dtv</u> junior 70810

Invasion der Fliegen, <u>dtv</u> junior 70873

Chaos vor der Kamera, <u>dtv</u> junior 70885

Gefahr im Gruselgarten, <u>dtv</u> junior 70923

Gruft der Piraten, <u>dtv</u> junior 70980

Nacht unter Wölfen, <u>dtv</u> junior 70981

(erscheint März 2006)

Ungekürzte Ausgabe
In neuer Rechtschreibung
April 2005
2. Auflage Januar 2006
Deutscher Taschenbuch Verlag GmbH & Co. KG, München
<u>www.dtvjunior.de</u>
© 2000 Franckh-Kosmos Verlags-GmbH & Co., Stuttgart
Umschlagkonzept: Balk & Brumshagen
Umschlagbild: Stefanie Wegner
Satz: Fotosatz Reinhard Amann, Aichstetten
Gesetzt aus der Advert 11/18ʻ
Druck und Bindung: Druckerei C. H. Beck, Nördlingen
Printed in Germany
ISBN-13: 978-3-423-70909-5
ISBN-10: 3-423-70909-X

Flucht in die Zukunft

Räumungsbefehl

Die Sonne stand noch nicht lange am Himmel, als Justus Jonas schläfrig die Stufen der Veranda hinuntertrottete. Sein Onkel stand schon vor dem alten Pick-up und öffnete die Fahrertür. »Justus, nun beeil dich! Ein Wunder, dass du nicht im Gehen anfängst zu schnarchen.«

Justus konnte darüber nur müde grinsen und schlurfte über den Kiesweg. Er zog sich auf den Beifahrersitz, schnallte sich an und lehnte den Kopf ans Fenster. Fast wäre er auf der Stelle wieder eingeschlafen, als plötzlich Tante Mathilda auf sie zugerannt kam.

»Titus, wo hast du nur wieder deinen Kopf? Ihr habt die Butterbrote für unterwegs in der Küche liegen gelassen.«

Butterbrote! Auch das noch. Damit war der Tag für Justus endgültig gelaufen. Er hatte gehofft, dass ihn Onkel Titus wenigstens zu einem leckeren Hamburger einladen würde. Tante Mathilda winkte ihnen noch von der Veranda hinterher, dann fuhren sie durch das große Tor vom Schrottplatz.

Justus hielt die Dose mit den Broten auf den Knien und blickte verschlafen auf die Straße. »Onkel Titus, wo fahren wir eigentlich hin?«

Sein Onkel rückte seine Brille zurecht und beschleunigte den Wagen. »Unten am kleinen Fischereihafen hat einer seit Monaten die Miete nicht mehr bezahlt. Ich hab den Auftrag, seine ganzen Sachen aus der Wohnung zu räumen und bei uns auf dem Schrottplatz zu lagern.«

»Hat der Mieter nichts dagegen, wenn wir da einfach reinspazieren und seine Klamotten auf den Pick-up laden?«

Titus Jonas schüttelte den Kopf. »Der ist schon seit Tagen verschwunden. Wahrscheinlich hat er sich wegen seiner Schulden auf und davon gemacht. Armer Teufel. Ich glaube nicht, dass wir da viel finden werden. Wenn er sich nach zwei Monaten nicht meldet, wird sein gesamtes Hab und Gut versteigert. — Na ja, mir kann es egal sein. Ich hab den Auftrag von der Behörde bekommen und von denen bekomme ich auch mein Geld für diesen Transport.«

Justus war das auch recht, denn von diesem Geld bekam er fünf Dollar ab. Er half seinem Onkel oft bei solchen Aufträgen und besserte damit sein Taschengeld auf. Fünf Dollar waren Grund genug, sich so früh aus dem Bett zu quälen und Butterbrote zu essen.

Mittlerweile hatten sie Rocky Beach verlassen und bogen auf die Küstenstraße ein. Gerade wollte sich Justus mit den Broten anfreunden, als vor ihnen zwei Fahrradfahrer auftauchten.

»He, das sind Peter und Bob! Onkel Titus, halt mal kurz an!«, rief er freudig und klappte die Dose wieder zu.

Der Pick-up überholte die beiden und stoppte am rechten Seitenstreifen. Justus kurbelte die Scheibe hinunter: »Hi, was habt ihr vor?«

»Wir wollen schwimmen gehen, drüben in der Bucht. Willst du mit?«, antwortete Peter.

Justus schüttelte den Kopf: »Geht nicht. Wir

müssen unten im Fischereihafen eine Wohnung ent-
rümpeln.«

Onkel Titus lehnte sich über Justus zum Fenster:
»Wenn ihr ein bisschen Geld verdienen wollt, könnt
ihr mitkommen. Wie wär's?«

Peter und Bob sahen sich an und überlegten.
Doch der Gedanke an ihre leeren Geldbeutel
machte ihnen die Antwort leicht. »Keine schlechte
Idee, Mister Jonas. Kohle können wir immer gebrau-
chen«, lachte Bob.

»Dann mal los!«, rief Onkel Titus. »Die Fahrräder könnt ihr hinten auf die Ladefläche schmeißen. Der Platz wird schon reichen.«

»Was kriegen wir eigentlich, wenn wir mithelfen?«, wollte Bob wissen.

Onkel Titus legte den Gang ein. »Zusammen bekommt ihr zehn Dollar.«

Justus guckte ihn empört an. »Das sind für jeden drei Dollar dreiunddreißig. Vorhin sollte ich noch fünf Dollar bekommen.«

»Dafür musst du jetzt auch nur noch ein Drittel so viel arbeiten«, grinste sein Onkel.

Justus grummelte, musste jedoch zugeben, dass er Recht hatte. Aber er war froh, dass seine beiden Freunde mit dabei waren. Jetzt waren sie komplett: Justus Jonas, Peter Shaw und Bob Andrews aus Rocky Beach. Die drei ??? auf dem Weg in ein neues, unglaubliches Abenteuer.

Hafenklänge

Der Weg wurde immer holpriger und die Fahrräder hüpften auf der Ladefläche umher. Die Luft roch jetzt frisch und salzig nach dem nahen Pazifik.

»Gleich seht ihr den Hafen!«, verkündete Onkel Titus und zeigte nach vorn.

Versteckt in einer felsigen Bucht lag der kleine Fischereihafen. Zehn alte Holzboote dümpelten auf dem Wasser und Möwen versuchten aufgeregt Fischreste zu ergattern. Ihr Gekreische vermischte sich mit den Wellen, die an die Kaimauer klatschten. Das Hafenbecken war umsäumt von windschiefen Schuppen aus Blechplatten. Dahinter sah man einige Männer, die ihre Netze zum Trocknen aufhängten. Vor einem dieser Schuppen saß ein weißbärtiger Fischer mit gelben Gummistiefeln, rauchte Pfeife und starrte auf das Meer.

Direkt neben einem wackeligen Steg stellte Onkel Titus den Pick-up ab.

»Hier stinkt's!«, bemerkte Justus und hielt sich die Nase zu.

»Alle Mann raus!«, stöhnte Peter. »Ich bin völlig zerquetscht. Justus hat sich so dick gemacht.«

»Der braucht sich nicht dick zu machen, der ist so«, stichelte Bob.

Justus fand das gar nicht lustig, doch Onkel Titus

kam ihm zuvor: »Keinen Streit, wir sind hier, um zu arbeiten! Wir müssen den Hafenmeister suchen!«

Ein großer und kräftiger Mann kam auf sie zu. Trotz der Hitze trug er einen dunkelblauen Wollpullover. »Guten Tag, Sie müssen Titus Jonas vom Schrottplatz sein, oder?«, rief er ihnen entgegen.

Onkel Titus verschränkte seine Arme: »Wertstoffhandel! Titus Jonas, Wertstoffhandel. Das ist ein Unterschied.«

Der Mann lachte: »Na, von mir aus. Hauptsache, Sie räumen die Bude aus. Übrigens, mein Name ist Ernesto Porto. Ich bin der Hafenmeister und gleichzeitig der Vermieter von diesem John Smith.«

Justus sah sich um und betrachtete die Blechschuppen. »John Smith also. Aber ich sehe hier absolut kein Haus, das man mieten könnte.«

Porto nahm seine Hände aus den Taschen und deutete auf das Wasser. »Es handelt sich auch nicht um ein Haus, sondern um ein Hausboot. Da vorn am Steg, die ›Pazifik Star‹. Die hat sich mindestens fünfzehn Jahre nicht mehr bewegt. Klein, aber mein, sag ich immer. Das gute Stück habe ich John Smith

vermietet — ich selbst wohne nicht hier am Hafen. Doch seit drei Monaten hat der Kerl seine Miete nicht mehr bezahlt und jetzt reicht es mir!«

Ernesto Porto betrat den morschen Steg und alle folgten ihm. Das Hausboot war ein umgebauter Fischkutter. Am Bug konnte man gerade noch den Namen des Schiffes erkennen.

»Pazifik Star«, flüsterte Bob. »Dieses verrottete Ding sieht eher aus wie die abgesoffene Titanic.«

Das Hausboot machte tatsächlich einen traurigen Eindruck: Überall bröckelte die Farbe ab. Dreck und Rost vermischten sich zu einem braunen Belag.

Onkel Titus kratzte sich am Kopf: »Haben Sie auch den behördlichen Räumungsbeschluss, Mister Porto?«, fragte er.

Der Hafenmeister griff in seine Hosentasche und zog einen zerknitterten Zettel heraus. »Selbstverständlich. Alles nach Vorschrift. Wenn es nach mir gegangen wäre, hätte ich den Kerl einfach über Bord geworfen — mitsamt seinem Zeug. Aber ich will ja keinen Ärger haben. Alles nach Vorschrift.«

Onkel Titus musterte das Papier und gab es zurück: »Na schön, dann können wir ja loslegen.«

Ernesto Porto ging voran und alle kletterten über ein wackeliges Brett auf das Hausboot. Vom Deck führte eine kleine Holztür ins Innere des Schiffes.

»Ein Türschloss gab es hier noch nie«, lachte Porto. »Vorsicht mit dem Kopf beim Niedergang!«

Der Niedergang war eine schmale Holztreppe, fast so steil wie eine Leiter. Unter Deck zündete der Hafenmeister eine Petroleumlampe an, denn der Raum hatte nur ein kleines, verschmiertes Fenster.

Peter sah sich vorsichtig um: »Also hier möchte ich nicht unbedingt wohnen«, murmelte er.

Es sah erbärmlich aus. In dem einzigen Raum standen nur ein Bett, ein Schrank und ein Stuhl vor einem Schreibtisch. Über diesem hing ein Regal, das mit Büchern voll gestopft war.

»Ich denke, den Plunder haben Sie schnell rausgeräumt, oder?« Ernesto Porto trat gegen einen Koffer. »Um die Ecke hinter der Tür ist nur noch die Toilette mit einem Waschbecken. Da dürfte aber kaum mehr rumliegen als eine Zahnbürste und ein

Stück Seife. Mehr Platz ist da nicht.« Der Hafen-meister lachte und stellte die Lampe auf dem Schreibtisch ab.

Justus blickte auf den Boden und entdeckte eine große Klappe. »Und was ist hier drunter?«

»Das ist der Maschinenraum. Oder besser ge-sagt, das war der Maschinenraum. Da ist schon seit Jahren kein Motor mehr drin. Ein Hausboot braucht keinen Motor.« Dann gingen Ernesto Porto und Onkel Titus von Bord.

»Ihr könnt ja schon mal anfangen, Jungs. Ich regle kurz das Geschäftliche mit Mister Porto«, rief er den drei ??? herüber.

Peter öffnete die Tür zur Toilette, schlug sie aber sofort wieder zu. »Das ist ja fürchterlich. Wie kann man nur so wohnen? Und wie kann man für so ein Dreckloch auch noch Geld verlangen?«

Bob war der gleichen Meinung. »An der Stelle von diesem John Smith wäre ich auch abgehauen. Bruchbude!«

»Der muss aber sehr plötzlich abgehauen sein«, bemerkte Justus und knetete mit Daumen und Zeigefinger seine Unterlippe. Peter und Bob kannten diese Art von Justus und sahen ihn verwundert an.

»Smith hat nicht mal Kleidung mitgenommen. Der Schrank ist noch voll und er ist ohne Koffer los«, fuhr Justus fort.

»Er hatte vielleicht Angst, dass Porto Verdacht schöpft, wenn er mit einem Koffer das Schiff verlässt?«, meinte Bob.

Justus ging zum Schreibtisch und durchsuchte die Schublade. »Zumindest hätte er das hier bestimmt mitgenommen«, stellte er fest und hielt eine Brieftasche hoch.

Peter wurde langsam nervös. »Uns kann das doch egal sein. Wir sollen hier lediglich die Bude ausräumen, für drei Dollar dreiunddreißig. Lasst uns anfangen!«

Justus schien nicht zu hören und leuchtete mit der Lampe den Boden ab. »Es scheint auf diesem Schiff ein Geheimnis zu geben. Und vielleicht liegt die Antwort direkt unter uns.« Mit der Hand strich er über die Klappe zum ehemaligen Maschinenraum und entdeckte einen großen Ring aus Metall.

Unter Deck

Peter sprang auf die Klappe, bevor Justus an dem Ring ziehen konnte. »Justus Jonas, ich kenne dich. Ich weiß genau, was du vorhast. Wir haben da unten nichts zu suchen. Wer weiß, was wir da finden? Vielleicht ist Smith gar nicht von Bord gegangen? Vielleicht ist er näher, als uns lieb ist? Vielleicht hat ihm Ernesto Porto was mit einem Paddel vor den Kopf gehauen und da hineingeschmissen?« Peter sprudelten die Sätze nur so heraus und er erschrak plötzlich selbst über seine Vermutungen.

»Unsinn. Kein Mensch würde so etwas tun, nur weil einer die Miete nicht bezahlt hat«, beruhigte ihn Justus.

Bob stimmte ihm zu und widerwillig half Peter mit, die Klappe zu öffnen.

Mit einem dumpfen Knarren hob sich die schwere Holzplatte. Justus leuchtete mit der Petroleumlampe nach unten. »Hier kann man runtersteigen.«

»Na, dann viel Spaß«, erwiderte Peter.

Justus stellte die Lampe ab und ertastete rückwärts eine Stufe. Langsam verschwand er in dem Loch. Seine Füße berührten den Boden. Es war sehr stickig und roch nach Diesel und feuchtem Holz. Um ihn herum war es absolut dunkel. »Reicht mir die Lampe herunter!«

»Was ist da unten?«, rief Bob.

Lange Zeit gab Justus keine Antwort.

»Nun sag schon! Hast du was gefunden?«

»Ich bin mir nicht ganz sicher. Kommt runter und guckt selbst!«, hörten sie plötzlich aus der Tiefe.

Bob verschwand daraufhin im Loch.

Schließlich hielt Peter die Neugier nicht mehr aus und stieg ebenfalls die Stahlsprossen hinunter.

»Seht ihr, was ich sehe?«, flüsterte Justus und hielt die Petroleumlampe hoch.

Sie standen gedrängt nebeneinander und blickten auf einen Vorhang aus silbrig schimmernder Folie. Der Raum schien größer zu sein, als sie vermutet hatten. Peter zögerte: »Just, du wolltest doch unbedingt wissen, was hier drin ist. Dann mal los!«

Auch Bob fühlte sich zunehmend unwohl. »Vielleicht hat Peter mit seiner Paddeltheorie doch Recht und Smith liegt erschlagen dahinter. Oder er hat sich selbst ein Ende bereitet. Ihr wisst doch — seine Schulden.«

»Es gibt nur einen Weg, das herauszufinden«, sagte Justus entschieden und zog mit einem kräftigen Ruck den Vorhang zur Seite.

Was sie nun erblickten, lässt sich nur schwer beschreiben. Vor ihnen stand eine Art Zahnarztstuhl. Ringsherum waren verschiedene Maschinenteile angebracht und hüllten den Stuhl ein. Schläuche, Eisenteile und Drähte verliefen kreuz und quer. Im Zentrum hing ein riesiger Kristall.

»Was ist denn das?«, entfuhr es Peter, der sichtlich erleichtert war. Von Technik verstand er sehr viel, die Situation war demnach nicht gefährlich.

In dem Raum sah es aus wie in einer Bastlergarage. Überall hing Werkzeug an den Wänden und auf einem Tisch türmten sich weitere unbekannte Geräte. Justus leuchtete alles mit der Lampe ab. »Smith scheint ein geheimes Hobby zu haben.«

Plötzlich hörten sie eine bekannte Stimme: »Was treibt ihr denn da unten?«, rief Onkel Titus ihnen zu.

Justus steckte den Kopf aus der Luke. »Wir haben da etwas sehr Merkwürdiges gefunden«, erklärte er ihm.

»Mit so etwas kenne ich mich aus«, lachte sein Onkel. »Mir ist egal, was es ist. Mein ganzer Schrottplatz ist voll mit merkwürdigen Sachen. Der Hafenmeister hat gesagt, ich soll alles ausräumen. Also an die Arbeit, die drei Dollar dreiunddreißig müssen erst noch verdient werden.«

Aber als Onkel Titus den sonderbaren Stuhl betrachtete, war er doch ein wenig erstaunt. »Komischer Vogel, dieser John Smith. Aber was soll's. Wir müssen das Vehikel vorsichtig zerlegen, damit es durch die Luke passt. Und dann alles rauf auf den Wagen! Der Hafenmeister soll das gar nicht erst sehen. Nachher gibt es noch dumme Fragen und wir kommen überhaupt nicht mehr hier weg.«

Die nächsten zwei Stunden waren sie damit beschäftigt, die Habe von John Smith über den wackeligen Steg zu tragen. Der Stuhl wurde in fünf Teile zerlegt und auf die Ladefläche des Pick-ups geschoben. Zusammen mit den Fahrrädern wurde es eng und so türmte sich ein hoher Berg auf.

Justus packte die Bücher vom Schreibtisch und aus dem Regal in Kartons. »Interessant«, murmelte er. »Das sind alles Fachbücher. Guckt mal: Grundlagen der Quantenforschung, Atomaufbau und Spektrallinien, Festkörperphysik zweiter Teil, Einstein und die Relativitätstheorie . . .«

Bob unterbrach ihn: »Hör auf damit, Just! Lehrbücher erinnern mich immer an Schule — und jetzt ist Wochenende. Ich versteh außerdem kein Wort.«

Ein Buch fiel Justus besonders ins Auge. Es war in schwarzes Leder gebunden und vorne stand Laborbuch. Er legte es ganz oben in den Karton.

Als alles auf dem Pick-up festgezurrt war, kam Ernesto Porto mit einem kleinen Hund an der Leine zum Wagen: »Na, da haben Sie ja einen schönen Haufen Krempel zusammengesammelt, Mister Jonas. Ich bin froh, dass das Hausboot jetzt leer ist. Aber bevor ich es vergesse: Wollen Sie nicht den Terrier mitnehmen? Der gehört John Smith. Zwei Tage hat er allein im Boot gebellt. Ich hätte sonst gar nicht gemerkt, dass Smith nicht mehr da ist.«

Aber Onkel Titus wollte davon nichts hören.

»Gut, dann kommt er ins Tierheim«, brummte der Hafenmeister. »Ich kann mit dem Köter auch nichts anfangen.«

Der niedliche Hund schnüffelte neugierig an Justus' Schuhen. »Onkel Titus, bitte ... Lass uns doch den Hund mitnehmen. Vielleicht meldet sich John Smith ja auch. Zumindest nur für eine Woche. Bitte ...«

Onkel Titus nahm seine Brille ab und wischte sich mit einem Tuch den Schweiß aus dem Gesicht. »Na gut, aber nur für eine Woche! Deine Tante wird mir den Kopf abreißen«, grummelte er.

Justus war außer sich vor Freude und nahm den jungen Terrier auf den Arm.

»Wie willst du ihn nennen?«, fragte Peter, doch der Hafenmeister kam ihm zuvor: »Smith hat ihn immer Albert genannt. Verrückt, einen Hund Albert zu nennen. Spinner.« Mit diesen Worten verabschiedete sich Ernesto Porto und verschwand in einem der Schuppen.

»Gut«, sagte Justus. »Nennen wir dich Albert.«

Albert wedelte kräftig mit dem Schwanz und bekam den Rest der Butterbrote.

Zahltag

Im Pick-up wurde es mit dem neuen Gast noch enger. Albert bellte aufgeregt aus dem offenen Fenster, als sie an den Fischern vorbeifuhren.

Auf dem Heimweg mussten sie zweimal anhalten, um die schaukelnde Ladung wieder vernünftig festzumachen. Bei jedem Schlagloch drohte alles vom Wagen zu kippen.

Als Tante Mathilda den vollen Pick-up ankommen sah, schlug sie die Hände über dem Kopf zusammen: »Titus, was schleppst du da schon wieder alles an?«, rief sie entsetzt.

Doch richtig erschrocken war sie, als sie den Hund sah. »Nein, jetzt lagern die Leute nicht nur ihren Schrott bei uns ab, sondern auch noch ihre Tiere.« Albert sprang vergnügt um sie herum und Onkel Titus hatte große Mühe, sie zu beruhigen.

»Na schön. Eine Woche und keinen Tag länger. Der Hund kommt mir aber nicht ins Haus — nachher hat er noch Flöhe«, sagte sie besorgt.

»Apropos Flöhe«, grinste Onkel Titus. »Das Geld gibt es natürlich erst, wenn ihr die Sachen hier in den Schuppen getragen habt.«

Das Abladen ging wesentlich schneller und nach kurzer Zeit war alles verstaut. Über den zerlegten Stuhl zog Onkel Titus noch ein großes Tuch, damit die Geräte nicht einstauben konnten. »Sicher ist sicher. Nachher kommt der Hobbybastler noch zu mir und sagt, ich hätte seine merkwürdige Maschine kaputtgemacht.«

Dann zog er seine Brieftasche aus der Weste und gab jedem einen nagelneuen Fünfdollarschein. »Ist für die Überstunde«, grinste er und ging ins Haus.

Peter und Bob waren sehr zufrieden. Nur Justus wühlte in einem der Kartons herum.

»Willst du noch mehr Überstunden machen?«, lachte Bob, als er ihn beobachtete.

Justus zog das schwarze Lederbuch hervor und ließ es unter seinem T-Shirt verschwinden. »Nein, aber ich denke, wir sollten uns näher mit diesem John Smith und seiner Maschine befassen.«

»Du willst dieses Buch doch nicht klauen?«, wunderte sich Peter.

»Ich werde es kurz ausleihen. Ich schlage vor, wir bereden die Sache in Ruhe in der Kaffeekanne.«

Peter und Bob waren einverstanden. Alle waren zu neugierig, was es mit der sonderbaren Maschine auf sich hatte. Sie aßen noch bei Tante Mathilda zu Mittag und fuhren anschließend mit ihren Fahrrädern zu ihrem Geheimversteck.

Die Sonne stand jetzt senkrecht am Himmel und die drei ??? traten keuchend in die Pedale. Albert rannte hechelnd an der Leine nebenher.

Der Weg führte sie entlang einer stillgelegten Bahnlinie und von weitem konnte man sie schon erkennen: die Kaffeekanne. Es war ein alter Wassertank für die Dampflokomotiven aus vergangenen Zeiten. Wie ein großer Eimer thronte der Tank auf einem Holzgestell. Auf der einen Seite ragte eine gebogene Röhre heraus, um die Loks mit Wasser zu füllen.

Justus, Peter und Bob stellten die Fahrräder darunter ab. Ein Stahlrohr mit angeschweißten Sprossen führte ins Innere des Wassertanks. Peter kletterte als Erster hoch und öffnete die Luke über sich. Justus nahm den Hund auf den Arm und einer nach dem anderen verschwand in der Kaffeekanne.

Hierher fuhren die drei, wenn sie ungestört sein wollten. Jeder hatte seinen Platz und ringsum lagerte die Ausrüstung für ihre Ermittlungen: Fernglas, Lupe, Fingerabdruckpulver und vieles mehr. Natürlich auch ausreichend Cola und Süßigkeiten.

»Was ist das nun für ein Buch?«, fragte Bob ungeduldig.

Justus zog es unter seinem T-Shirt hervor und legte es in die Mitte.

»Laborbuch«, las Peter und klappte es auf. »Das scheint so eine Art Tagebuch oder ein Protokoll zu sein? Tatsächlich, es ist alles mit der Hand geschrieben. Vielleicht steht was über die komische Maschine drin?« Sie blätterten hastig die Seiten um und wurden schnell fündig.

»Hier!«, rief Justus aufgeregt. »Diese Zeichnung sieht genauso aus wie der Stuhl mit den Geräten drum herum.« Er las laut vor: »Eintrag Nummer 412. Es ist mir nun endlich gelungen, den Silitkristall zu isolieren. Er scheint die Spektrallinien parallelisiert zu haben. Ich hoffe, morgen gelingt mir der Durchbruch.«

Die drei sahen sich ratlos an.

»Lies weiter!«, forderte ihn Bob neugierig auf.

Justus blätterte einige Seiten um. »Eintrag Nummer 453. Der Versuch mit den Ratten war ein voller Erfolg. Ich konnte eine 93-prozentige Auflösung der Plasmateilchen beobachten. Der Neutronenimpuls arbeitet einwandfrei.«

Peter schüttelte verständnislos den Kopf.

»Eintrag Nummer 507. Die Kristalle beschleunigen jetzt auf dreifache Lichtgeschwindigkeit. Ich habe es geschafft — Einstein wäre stolz auf mich gewesen.«

»So ein Quatsch!«, unterbrach Peter ärgerlich. »Es ist unmöglich, Lichtgeschwindigkeit zu erreichen. Geschweige denn die dreifache!« Keiner wagte Peter zu widersprechen, denn in technischen Dingen hatte er meistens Recht.

Justus fuhr fort: »Eintrag Nummer 533. Albert hat den Test gut überstanden. Genau um 12 Uhr, null Minuten und 27 Sekunden wurde Albert wieder zurück in die Gegenwart transportiert. Ich war glücklich, als ich ihn unbeschadet in die Arme nahm. Sein Zeitmesser zeigte auf das Jahr 1864. Schon morgen werde ich selbst meine erste Reise dorthin wagen.«

»Lies weiter!«, rief Bob atemlos.

Doch Justus klappte das Buch zu. »Ich kann nicht weiterlesen. Die Aufzeichnungen enden hier. Nur noch leere Seiten.«

Bob war jetzt nicht mehr zu bremsen. Er nahm das Buch und hielt es mit beiden Händen hoch: »Ja wisst ihr denn nicht, was das bedeutet? John Smith hat es erst an seinem Hund ausprobiert. Hier steht es: Das Jahr 1864 ... die Vergangenheit! Dann hat er einen Selbstversuch unternommen und ist seitdem verschwunden. Jetzt wissen wir, was das für ein merkwürdiges Ding ist. Eine Zeitmaschine!!!«

Zeitgeister

»Eine Zeitmaschine? Blödsinn! Absoluter Blödsinn. Es ist unmöglich, durch die Zeit zu reisen«, sagte Peter verständnislos. »Man muss schneller sein als das Licht. 300 000 Kilometer in der Sekunde! Mein Vater hat mir das mal mit Albert Einstein und seiner Theorie erklärt. Danach wäre eine Zeitreise theoretisch möglich, aber praktisch nicht zu machen.«

Bob trommelte mit den Fingern auf das Laborbuch. »Manche Dinge hielt man zunächst auch für unmöglich. Mondreisen zum Beispiel. Aber einer ist immer der Erste.«

Justus hielt sich zurück, als die beiden immer eifriger über die Zeitmaschine diskutierten. Peter war inzwischen aufgestanden und redete eindringlich auf Bob ein: »Also, stell dir mal vor, ich reise jetzt ein Jahr zurück. Und angenommen, ich besuche mich selbst im Alter von neun Jahren. Dann gäbe es gleichzeitig zwei Peter. Und weiter angenommen, ich schubse den 9-jährigen Peter vom Hochhaus.

Wie kann der dann noch zehn Jahre alt werden? Er könnte nicht mehr in die Zeit zurückreisen und niemand mehr vom Hochhaus schubsen. Also gäbe es gar keinen Peter mehr. Das nennt man paradox. Verstanden?«

Bob schüttelte den Kopf. »Nö. Muss ich auch nicht. Aber John Smith ist jetzt irgendwo anders und hat sich nicht selbst von einem Hochhaus geschmissen. Das reicht mir. Ich glaube an die Geschichte.« Die beiden wurden einfach nicht einig.

Justus nahm Albert auf den Arm und fütterte ihn mit Gummibärchen. »Wir können glauben, was wir wollen. Am Ende zählen nur Beweise. So ein Buch kann jeder schreiben. Warum gucken wir uns die Maschine nicht mal genauer an?«, unterbrach er die beiden.

Bob war einverstanden, doch Peter begann erneut auf ihn einzureden: »Dann setz dich doch einfach auf den Stuhl und reis ein paar Jahre in die Vergangenheit. Kannst du bitte meine Ur-Ur-Oma von mir grüßen, wenn du sie triffst?«

Bob nahm das Laborbuch und hielt es Peter vor

die Nase. »Und wie ich das machen werde. Ich werde auch dich als Baby besuchen und dir einen Frosch auf die Stirn tätowieren.«

Jetzt mussten alle lachen und wenig später waren sie wieder auf dem Weg zu Onkel Titus' Schrottplatz.

Im Schuppen war es staubig und das Sonnenlicht stach kleine dünne Strahlen durch die Ritzen der Holzwand. Sie zogen das Tuch von der Maschine und betrachteten die Teile.

»Wisst ihr, wie die wieder zusammengesetzt wird?«, fragte Bob.

Justus blätterte im Laborbuch und zeigte auf die Zeichnung. »Hier ist alles genau gezeichnet. Als Erstes müssen wir den Kristall wieder über dem Stuhl aufhängen.«

Peter war eifrig dabei. Gemeinsam gelang es ihnen, die Maschine wieder so zusammenzubauen, wie sie sie im Hausboot vorgefunden hatten. Erst jetzt bemerkten sie einige wichtige Details. Hinter dem Stuhl war eine Art Uhr angebracht, doch anstelle der Stunden waren Jahreszahlen auf ihr eingetragen. Der Zeiger stand auf 1864.

»Seht ihr!«, frohlockte Bob. »Smith hat sich ins Jahr 1864 befördert. Das ist der Beweis!«

Peter murmelte unverständlich vor sich hin.

»Fangt jetzt nicht wieder damit an!«, ging Justus dazwischen. »Ich hab eine interessante Stelle in dem Laborbuch gefunden. Hört zu: Eintrag Zusatz 04: ›Mein Zurückkommen aus der Zeit wird durch eine Automatik geregelt. Falls jemand diese Aufzeichnungen in die Hände bekommt und ich bin immer noch spurlos verschwunden, dann öffne er das Leder und errette mich!‹«

Bob nahm das Buch und las den Satz noch einmal vor. »Verstehe. Normalerweise kommt man wohl automatisch zurück in die Gegenwart. Aber weil Smith Angst hatte, dass es nicht funktionieren könnte, hat er eine Art Gebrauchsanleitung hinterlassen.«

»Der öffne das Leder...«, murmelte Justus vor sich hin. »Na klar. Smith hat eine Anleitung hinter dem Ledereinband des Buches versteckt.«

Vorsichtig löste er das Leder ab und fand tatsächlich einen zusammengefalteten roten Zettel. Alle drei beugten sich darüber und lasen mit: »Du Finder dieser wundervollen Maschine. Geh sorgsam mit ihr um, denn die freie Wahl der Zeit verlangt auch Opfer. Und darum sei dir gesagt: Nur der helle Geist soll wandern in Vergangenheit und Zukunft. Die gute Wahl der vier Tasten soll erretten mich und dich belohnen. Doch gib Acht, du hast nur einen Versuch! Trebla wird dir den Weg weisen.«

Verständnislos sahen sie sich an.

Justus knetete seine Unterlippe. »Ich glaube, ich weiß, was das bedeuten soll. Erstens: Smith hat

Angst, dass kein heller Geist, sondern ein Dummkopf die Maschine in die Finger bekommt.«

»Das kann ich verstehen. Stellt euch mal vor, ein Verrückter reist in die Vergangenheit!«, unterbrach ihn Bob.

Justus gab ihm Recht. »Und dann schreibt er was von vier Tasten, die ihn erretten und aus der Vergangenheit zurückholen können.«

Peter entdeckte diese Tasten als Erster. »Hier, direkt neben den bunten Lampen sind vier Tasten angebracht!«, rief er.

»Nicht da draufdrücken!«, schrie Justus. »Hier steht, dass man nur einen Versuch hat. Wahrscheinlich braucht man einen Code. Und wer zum Teufel ist Trebla?«

Die drei ??? standen jetzt fasziniert um die Maschine herum. Sie erschien ihnen noch geheimnisvoller als zuvor.

Plötzlich lief aus dem Hintergrund Albert auf sie zu und sprang mit einem Satz auf den Stuhl. Justus wollte ihn gerade von dort herunterholen, als der ganze Apparat zu vibrieren begann.

»Verdammt, was passiert hier?«, stammelte Peter erschrocken. Der Hund war so überrascht, dass er wie gebannt auf dem Stuhl sitzen blieb. Die drei ??? wichen zurück.

»Bleibt weg von der Maschine! Wer weiß, was gleich passiert. Albert, komm hierher! Albert, bei Fuß!«, rief Justus, doch der junge Terrier reagierte nicht.

Bob blickte fassungslos auf die Zeitmaschine: »Da, seht ihr das? Der Kristall . . .«

Tatsächlich. Justus und Peter rieben sich die Augen. Unmerklich veränderte der Kristall seine Farbe. Immer stärker begann er grünlich und unwirklich zu leuchten, bis der ganze Raum in ein gespenstisches Licht getaucht wurde.

Zurück an Bord

»Albert! Hierher! Runter da!«, befahl Justus eindringlich. Doch der Hund schaute nur mit großen Augen auf die drei ??? und winselte ängstlich.

Bob rannte um die Maschine herum und fuchtelte mit den Armen: »Wir müssen was tun, sonst ist Albert auch gleich im Jahr 1864!«

In diesem Moment ertönte ein schrilles Pfeifen und der Hund sprang erschrocken vom Stuhl. Schlagartig verstummte der Apparat und das unheimliche Licht erlosch.

Bob fand zuerst wieder Worte: »Peter, glaubst du nun endlich, dass dies hier eine Zeitmaschine ist?«

Peter schien verwirrt, widersprach aber nicht.

Justus nahm den zitternden Hund auf den Arm und streichelte ihm über den Kopf: »Mit Vermutungen kommen wir nicht weiter. John Smith hat uns ein Rätsel hinterlassen, und erst wenn wir es lösen, kennen wir die ganze Wahrheit. Wir haben viele Informationen, aber noch fehlt etwas.«

Die drei ??? setzten sich auf eine Holzkiste und grübelten. Die Sonne stand mittlerweile sehr tief und der Schrottplatz wurde in ein rotes Licht getaucht.

Bob nahm seine Brille ab: »Wir haben das Laborbuch und die Maschine untersucht. Vielleicht haben wir im Hausboot etwas übersehen?«

Justus nickte: »Gute Idee. Ich schlage vor, wir fahren noch mal hin und sehen uns genauer um.«

Peter und Bob waren einverstanden und kurz darauf fuhren sie auf ihren Fahrrädern erneut die Küstenstraße entlang. Albert saß in einem Korb auf Justus' Gepäckträger und hielt die Nase in den Fahrtwind. Es dauerte eine gute halbe Stunde, bis sie die untergehende Sonne über dem Pazifik sahen. Die letzten Fischer kamen in der Dämmerung mit ihren Booten zurück in den Hafen und wurden von hungrigen Möwen begleitet.

Ernesto Porto stand vor seinem Wagen und wollte gerade einsteigen. »Was macht ihr denn schon wieder hier?«, rief er ihnen entgegen.

Justus reagierte blitzschnell: »Mir ist mein Haustürschlüssel aus der Hose gefallen. Können wir noch mal auf das Boot gehen und ihn suchen?«

Der Hafenmeister schüttelte verständnislos den Kopf und grummelte: »Von mir aus. Macht aber keinen Blödsinn!« Dann fuhr er davon.

Albert wurde auf dem Deck angebunden und einen Augenblick später standen alle drei wieder vor der Klappe des Maschinenraums. Peter wollte sich diesmal nicht die Angst anmerken lassen und stieg als Erster hinab.

Im trüben Licht der Petroleumlampe durchforschten sie den Maschinenraum.

»Wonach suchen wir eigentlich«, fragte Bob nach einer Weile.

Keiner konnte ihm darauf eine Antwort geben. Der Raum war absolut leer und zu guter Letzt erlosch die Lampe.

»Jetzt ist auch noch das Petroleum alle. Ich glaube, wir müssen aufgeben. Hier finden wir keinen versteckten Hinweis mehr«, sagte Peter enttäuscht.

In der Finsternis ertastete er sich den Weg zu den Stahlsprossen. Bob und Justus gingen dicht hinter ihm. Peter blickte nach oben durch die Luke und erklomm die erste Stufe.

Plötzlich schnellte eine große Hand aus dem Nichts, packte ihn am Kragen und zog ihn mit einem Ruck nach oben. Peter wollte laut schreien, doch eine zweite Hand presste sich auf seinen Mund.

»Rauskommen da unten!«, hörten Bob und Justus eine tiefe Männerstimme. Justus stieg ängstlich eine weitere Sprosse hinauf und es erging ihm genauso wie Peter. Dann folgte Bob. Benommen vor Schreck und kreideweiß standen die drei im grellen Strahl zweier Taschenlampen nebeneinander.

»Wo ist Smith?«, hörten sie eine Stimme.

Justus blinzelte in den gleißenden Lichtstrahl. »Wir wissen es nicht!«

»Wo sind seine Sachen?«

Langsam konnten die drei ??? die Umrisse von zwei Männern erkennen. »Die ... die sind bei meinem Onkel auf dem Schrottplatz«, antwortete Justus starr vor Angst. Bob und Peter klopfte das Herz bis zum Hals.

»Auf dem Schrottplatz? Ihr habt die Sachen von John Smith auf einen Schrottplatz geschmissen?«

Die beiden Männer schienen die Beherrschung zu verlieren. Doch plötzlich kam ein Dritter aus dem Hintergrund auf sie zu: »Ist schon gut, so kann man mit Kindern nicht umgehen.«

Die drei Freunde waren froh, das zu hören. Sie sahen in die weichen Gesichtszüge eines älteren Herrn. Die anderen beiden nahmen ihre Taschenlampen runter. Sie waren sehr groß und kräftig und trugen trotz der Dunkelheit Sonnenbrillen.

Der alte Mann fuhr fort: »Bitte entschuldigt unser Auftreten. Ich bin Professor Boris Zarkow. Die beiden Herren sind meine Assistenten, die Gebrüder Ramon und Miguel Venetti. Nochmals Entschuldigung, wir haben eine lange Reise hinter uns, da gehen manchmal die Nerven etwas durch.«

»Was wollen Sie von uns?«, stammelte Peter.

Boris Zarkow nahm den schwarzen Hut ab und man sah seine schneeweißen Haare. »Ich will gar nichts von euch. Wir wollen nur die Habseligkeiten unseres hochverehrten Mitglieds abholen.«

»Mitglied? Wo war Smith denn Mitglied?«, fragte Justus wieder etwas mutiger.

»Er war Mitglied im ›Dritten Auge‹, dessen Vorsitzender ich bin. Ich spüre bei euch Unverständnis — ich will es erklären. Das ›Dritte Auge‹ ist eine private Organisation, die sich mit paranormalen Phänomenen aller Art befasst. Also zum Beispiel UFOs, Geistererscheinungen, Stimmen aus dem Jenseits und . . . Zeitreisen.«

Die drei ??? sahen sich verwundert an.

Der Professor fuhr fort. »Wir erhielten von Smith einen Brief. Er berichtete uns von einer sensationellen Erfindung. Von einer Zeitmaschine. Er beabsichtigte einen Selbstversuch zu unternehmen.«

»Und das glauben Sie so einfach?«, fragte Justus.

Boris Zarkow holte einen Brief aus seinem dunklen Umhang. »Ich habe guten Grund, unserem Freund zu glauben. Der Brief hier ist abgestempelt worden am 23. August 1864. Also mit einem Wort: Er ist aus der Vergangenheit! Und in diesem Brief heißt es: ›Sollte ich von meiner Zeitreise nicht zurückkehren, nehmt die Forschungsergebnisse und alles, was ich besitze, an euch und führt mein Werk zu Ende.‹ Tja, und da sind wir. Es muss ein Labor-

buch geben und natürlich die Zeitmaschine. Doch zunächst das Buch. Wenn ich bitten darf!«

Die Venetti-Brüder kamen etwas näher. Peter wich zurück und stieß mit dem Rücken an die Wand. »Wir haben das Buch nicht bei uns. Es ist...«

Justus unterbrach ihn: »An einem sicheren Ort.«

Boris Zarkows Mundwinkel zuckten kurz, dann wiederholte er in ruhigem Ton: »An einem sicheren Ort also? Verstehe... Ihr wisst, das ist Diebstahl?

Wir sind durch den Brief von Smith rechtmäßige Besitzer. Aber ich will nicht so sein. Ich gebe euch bis morgen früh Zeit, das Buch bei uns im Hotel abzugeben. Hier ist meine Visitenkarte mit der Adresse.«

»Und wenn wir das nicht machen?«, fragte Justus trotzig.

Zarkow wollte gerade antworten, als draußen der Hund bellte. Der Professor grinste hinterhältig: »Das da draußen ist anscheinend Albert. Smith erwähnte ihn in seinem Brief. Der Hund wurde eigentlich auch an uns vererbt. Wir werden ihn mitnehmen.«

»Das können Sie nicht machen!«, entfuhr es Bob. »Was haben Sie mit ihm vor?«

Auf seine Frage hin ging einer der Venettis hoch aufs Deck und zerrte den bellenden Albert nach unten. Sein Bruder packte ihn am Halsband und sprach mit eisiger Stimme: »Ist doch ganz einfach, Jungs: Wir kriegen das Buch und ihr bekommt den Hund.«

Die drei ??? hatten verstanden.

Boris Zarkow setzte seinen Hut wieder auf. »Ich sehe, ihr seid schlaue Bürschchen. Ich erwarte euch morgen. Und wenn ihr nicht kommt, dann schicke ich euch den Hund zurück — in sieben kleinen Paketen.«

Hotelgäste

Als Justus am nächsten Morgen erwachte, hoffte er, alles wäre nur ein schlimmer Traum gewesen. Doch ein Blick auf den leeren Hundekorb gab ihm die Gewissheit: Albert war in höchster Gefahr. Zarkow und die Venetti-Brüder hatten ihn gestern Abend mitgenommen.

»Wo ist denn dein Hund geblieben?«, fragte ihn Tante Mathilda beim Frühstück.

»Ach, der hat diese Nacht bei Bob geschlafen«, schwindelte Justus und biss schnell in sein Brot.

Punkt neun Uhr trafen sich die drei ??? wie verabredet in der Kaffeekanne.

»Ich hab die halbe Nacht wach gelegen und nachgedacht«, begann Peter. »Wir sollten zur Polizei gehen und Anzeige wegen Hundesentführung erstatten.«

Justus schüttelte den Kopf. »Was soll die Polizei denn machen? Smith hat durch seinen Brief alles dem ›Dritten Auge‹ vererbt. Zarkow ist rechtmäßiger Besitzer von Albert, dem Buch und der Maschine. Wir haben keine andere Wahl.«

Bob fügte hinzu: »Wenn die mitbekommen, dass wir bei der Polizei waren... Wer weiß, was Albert dann passiert. Denkt nur an die sieben Pakete.«

Das überzeugte Peter und wenig später machten sie sich auf den Weg zum Hotel.

Es war eins der kleinen Hotels am Stadtrand von Rocky Beach, aber auch eins der teuersten. Auf dem Hotelparkplatz fiel den drei ??? ein schwarzer Lieferwagen mit verdunkelten Scheiben auf. Auf dem Dach hatte er mehrere Antennen und eine Satellitenschüssel.

»Ich wette, das ist der Wagen vom ›Dritten Auge‹. Mit den Sachen auf dem Dach wollen die bestimmt Signale aus dem Weltraum auffangen«, vermutete Bob.

Dann standen sie an der Rezeption des Hotels. »Guten Tag, ich bin Justus Jonas und das sind Peter Shaw und Bob Andrews. Wir wollen zu Mister Zarkow.«

Die Dame am Empfangstresen guckte etwas unsicher und griff nach dem Telefonhörer. »Mister Zarkow, ich habe hier drei jungen Herren und die wollen... ja, sehr wohl.« Leicht irritiert zeigte sie auf den Fahrstuhl. »Ihr werdet in Zimmer 203 erwartet. Zweiter Stock.«

Oben angekommen wurden sie schon von den Venetti-Brüdern empfangen. »Mitkommen! Hier entlang!«

Justus, Peter und Bob betraten das Zimmer und sahen den Professor beim Frühstück sitzen.

»Ah, guten Morgen, meine jungen Freunde. Darf ich euch etwas anbieten? Kakao? Orangensaft?«

Justus schüttelte den Kopf. »Danke, wir sind satt. Wo ist Albert?«

Boris Zarkow stand auf und wischte sich den Mund mit einer Serviette ab. »Albert? Ja, dem geht es gut. Sehr gut sogar. Ich hoffe, das wird auch so bleiben. Wo ist das Laborbuch?«

»Wir wollen erst den Hund sehen!«, entgegnete Justus mit fester Stimme.

Zarkow schnippte mit den Fingern und Ramon Venetti holte den Hund aus einem Nebenzimmer. Daraufhin zog Justus unter seinem T-Shirt das Laborbuch hervor. Zarkow nahm es ihm aus der Hand. »Na bitte. Endlich haben wir unser Eigentum wieder.« Dann begann er zu lesen.

Bob wurde ungeduldig. »Wir haben Ihnen das Buch gegeben, also geben Sie uns Albert zurück!«

»Geduld, mein junger Freund. Ich muss doch erst schauen, ob auch alles komplett ist.«

Eine Ewigkeit verstrich. Plötzlich las Zarkow eine Stelle laut vor: »›Öffne das Leder und errette mich.‹ Was mag das bedeuten?«

Justus begann nervös zu werden.

Zarkow fuhr fort: »Das Leder... das Leder öffnen... Ah, ich verstehe, unser gemeinsamer Freund Smith gibt uns Rätsel auf. Und ich vermute, ich weiß auch, wo ich nachsehen muss. — Nur... ich finde hier nichts unter dem Ledereinband des Buches. Kann es sein, dass ihr mir nicht alles gegeben habt?«

Ramon Venetti packte Albert so kräftig am Halsband, dass der Hund aufheulte. Justus griff in seine Hosentasche und zog widerwillig den roten Zettel hervor, den sie am Vortag gefunden hatten.

Der Professor strahlte. »Warum nicht gleich so. Glaubt mir, einen Zarkow kann man nicht betrügen. Jetzt habe ich die Aufzeichnungen, die Zeitmaschine hole ich mir später. Oder ich baue sie gleich selbst, nach den Plänen aus dem Laborbuch. Hier habt ihr euren Köter und jetzt raus!«

Minuten später standen alle drei wieder vor dem Hotel. Der Hund sprang ausgelassen um sie herum und bellte vergnügt.

»Bin ich froh, dass sie Albert nichts getan haben«, sagte Bob erleichtert. »Leider kommen wir jetzt nie hinter das Geheimnis der Zeitmaschine. Der rote Zettel schien wichtiger zu sein, als wir dachten.«

Justus konnte sein Grinsen nicht verbergen. »Dann seht mal, was ich hier habe. Tätärätä …« Er hielt ein Blatt Papier in die Luft. »Ich habe den Zettel natürlich gestern Abend noch abgeschrieben.«

Eispause

Peter und Bob waren begeistert. Doch dann sahen sie, wie im zweiten Stock des Hotels eine Gardine zur Seite geschoben wurde.

»Schnell, hauen wir ab!«, flüsterte Peter und schwang sich auf sein Fahrrad.

Die drei ??? fuhren ins Stadtzentrum von Rocky Beach. Albert rannte ausgelassen vorneweg und zog Justus an der Leine hinterher.

»Und nun?«, fragte Bob, als sie auf dem großen Platz vor dem Rathaus angekommen waren.

»Nun kaufe ich mir erst mal ein Eis. Danach machen wir Lagebesprechung am Springbrunnen«, keuchte Justus. In ihrem Lieblingseiscafé bestellten alle eine Portion Eis und jeder bezahlte mit einem nagelneuen Fünfdollarschein. Justus balancierte vier Kugeln Zitrone auf seiner Waffel.

»Ich bin dafür, dass wir uns den roten Zettel noch mal genau angucken«, schlug Bob vor, als sie sich an den Rand des Springbrunnens setzten.

Justus konnte gar nicht so schnell Eis schlecken, wie es in der Sonne schmolz. Mit einer Hand faltete er die Kopie auseinander und las die Botschaft zum zweiten Mal: »Du Finder dieser wundervollen Maschine. Geh sorgsam damit um, denn die freie Wahl der Zeit verlangt auch Opfer. Und darum sei dir gesagt: Nur der helle Geist soll wandern in Vergangenheit und Zukunft. Die gute Wahl der vier Tasten soll erretten mich und dich belohnen. Doch gib Acht, du hast nur einen Versuch! Trebla wird dir den Weg weisen.«

»Was soll das bloß bedeuten: Trebla wird dir den Weg weisen? Wer in aller Welt ist Trebla?«, rätselte Bob. Alle sahen sich ratlos an.

»Wenn Albert nur reden könnte«, stöhnte Peter.

Plötzlich klatschte sich Justus mit der Hand an die Stirn. »Natürlich! Der Hund. Denkt mal nach! Albert — Trebla — Trebla — Albert!«

Jetzt erhellten sich auch die Gesichter der anderen beiden. »Na klar. Trebla heißt Albert rückwärts geschrieben!«, rief Bob. »Das Geheimnis liegt bei Albert.«

Justus nahm den Terrier auf den Schoß. »Smith muss irgendetwas bei ihm versteckt haben. Und ich glaube, ich weiß auch schon wo: im Halsband!«

Tatsächlich. In dem breiten Lederband fanden sie einen zweiten Zettel. Diesmal in blauer Farbe.

Gespannt las Bob ihn vor: »Wie ich sehe, erreichen meine Botschaften einen klugen Kopf. Doch erst weitere Prüfungen werden mir endgültig die Gewissheit geben. Vier Antworten auf vier Fragen werden das Tastenrätsel lösen. Dann werde ich zurückkehren können aus einer vergangenen Zeit.«

Die drei ??? sahen sich gebannt an.

»Smith will uns mit den Rätseln prüfen«, begann Justus. »Er will sich sicher sein, dass keine Idioten hinter das Geheimnis der Zeitmaschine kommen.«

Bob las weiter: »Aufgabe eins. Finde das Donnerrohr von Rocky Beach. Eine Sintflut bringt Erkenntnis.«

Peter kratzte sich am Kopf. »Was soll das denn für ein Blödsinn sein? Donnerrohr und Sintflut. Smith hat sie doch nicht mehr alle.«

»Donnerrohr wurde früher auch eine Kanone genannt. Das hatten wir neulich im Geschichtsunterricht«, fiel Bob ein. Plötzlich sprang er auf. »Natürlich. Guckt doch einfach mal zum Rathaus. Da steht sie: die große Kanone von Rocky Beach. Genau vor dem Eingangstor. Sie wurde 1783, gleich nach dem Unabhängigkeitskrieg, hier aufgestellt.«

Peter sah Bob ehrfürchtig an.

Kanonenschlacht

Die Kanone war fast drei Meter lang und zielte schräg in den Himmel. Bob versuchte mit dem Arm in die Mündungsöffnung zu greifen. »Ich wette, unten in der Kanone liegt was«, stöhnte er. »Ich komme aber mit meiner Hand nicht bis ganz unten.«

Peter besorgte sich einen langen Stock, doch nach wenigen Versuchen gab er ebenso auf.

Justus knetete auf seiner Unterlippe. »Smith schreibt: ›Eine Sintflut bringt Erkenntnis.‹ Was kann er denn damit gemeint haben?«

»Vielleicht will der Spinner, dass wir auf Regen warten? Aber das kann lange dauern, denn schließlich sind wir hier in Kalifornien«, spottete Peter.

Justus schnipste mit den Fingern: »Klar! Wenn es hier nicht regnet, dann müssen wir der Sintflut eben etwas nachhelfen.« Daraufhin rannte er los und kam mit einem Eimer aus dem Eiscafé heraus. Diesen füllte er mit Wasser vom Springbrunnen.

»Willst du dir die Füße waschen?«, witzelte Peter.

Doch Justus schien das nicht zu hören. Vorsichtig füllte er das Wasser in die Öffnung. »Ich gieße die ganze Kanone mit Wasser voll und dann müsste obendrauf etwas hochtreiben. Wie ein Korken in einer Flasche. Ich wette, das hat Smith mit der Sintflut gemeint.«

Bob war begeistert von dem Gedanken, doch Peter blickte mürrisch auf die Kanone. »Du hast bloß vergessen, dass das ganze Wasser hinten wieder rausläuft. Eine Kanone hat nämlich am Ende ein kleines Loch für das Zündpulver.«

»Dann halt doch deinen Daumen drauf, du Schlaumeier!«, fuhr Justus ihn an.

Peter merkte, dass er etwas zu weit gegangen war, und steckte seinen Finger in das Loch.

Justus brauchte ganze sechs Eimer Wasser, bis das Kanonenrohr gefüllt war. Dann krempelte er die Ärmel hoch und griff hinein. »Da! Ich kann was mit den Fingerspitzen ertasten. Sekunde ... ja, jetzt hab ich es.« Vorsichtig zog er seinen Arm wieder heraus.

»Zeig schon! Was hast du da?«, rief Bob erwartungsvoll.

Justus hielt ein kleines Ei in der Hand. »Das sieht ja merkwürdig aus. Es scheint aus Gips oder so ähnlich zu sein.« Er nahm das Ei ans Ohr und schüttelte es behutsam. »Auf jeden Fall ist es hohl. Da drin klappert was.«

»Was mag das wohl sein?«, fragte Bob neugierig.

Justus schüttelte es nochmals. »Auf jeden Fall eine Überraschung.«

In diesem Moment kam ein Beamter in Uniform aus dem Rathaus und sah die drei an der Kanone stehen. »He, was macht ihr da?«, rief er aufgebracht. Keiner konnte ihm so schnell eine Antwort geben. Er ging auf Peter zu und zeigte auf seine Hand. »Was steckst du da den Finger in das Loch? Die Kanone ist Eigentum der Stadt und kein Spielplatz. Nimm den Finger da raus!«

Peter lief knallrot an. »Sie werden es nicht gut finden, wenn ich den Finger da rausziehe«, stammelte er.

Der Beamte wurde zornig. »Ich will hier nicht mit dir diskutieren. Ich hab gesagt, Finger aus dem Loch!«

»Na schön, ich habe Sie gewarnt.« Peter zog mit einem Ruck den Finger heraus und ein dicker Strahl Wasser schoss auf die Hose des Beamten. Nie zuvor hatten die drei jemanden derart verdutzt gesehen.

Justus, Peter und Bob nutzten die Gunst der

Stunde und liefen weg, so schnell sie konnten. Albert rannte ihnen kläffend hinterher. Erst in einer Nebenstraße machten sie Halt und begannen fürchterlich zu lachen.

»Hast du sein Gesicht gesehen?«, prustete Bob und lehnte sich atemlos an eine Hauswand.

Justus beruhigte sich als Erster. »Nun gut. Ich denke, wir sollten das Geheimnis lüften.« Dann nahm er das Ei und warf es mit Schwung auf den Boden. Es zersprang in tausend Teile und eine Münze klimperte über den Bürgersteig.

Peter hob sie auf und rieb sie an seinem T-Shirt sauber. »Das sind zwei Cent. Sieht aber merkwürdig aus.«

Bob nahm ihm die Münze aus der Hand und betrachtete sie genauer. »Das sind nicht irgendwelche zwei Cent. Die Münze ist im Jahr 1864 geprägt worden. Hier am Rand steht es. Und wisst ihr was? Das ist wieder ein Beweis, dass John Smith in die Vergangenheit gereist ist. 1864 hat er diese Münze in der Kanone versteckt.«

Peter schien das nicht überzeugen: »So eine

Münze kann man bei jedem Antiquitätenhändler kaufen«, gab er zu bedenken.

Justus betrachtete nachdenklich die zersprungene Eierschale. »Wir werden die Sache mit der Zeitreise jetzt nicht klären können. Viel wichtiger ist die Frage: Warum hat Smith diese Münze gerade in einem Ei versteckt? Es muss ein Hinweis sein. Die Sache wird langsam kompliziert.«

Riesenärger

Langsam gingen sie zurück zum Eiscafé, um die Fahrräder zu holen. Der Beamte aus dem Rathaus war nicht mehr zu sehen. Justus kramte den blauen Zettel aus seiner Hosentasche. »Na schön. Machen wir weiter. Vielleicht ergibt alles erst am Ende einen Sinn. Ich lese jetzt die zweite Aufgabe vor: ›Alte Riesen wachsen fest verwurzelt in den Himmel. Such meinen Namen und werde fündig.‹«

Peter nahm den Zettel und las es noch einmal. »Was kann er denn mit den alten Riesen gemeint haben?«

»Und merkwürdig ist, dass sie fest verwurzelt sind«, überlegte Justus. »Eine Riese läuft herum. Der ist nicht angewachsen, außer... Na klar: Was ist groß und wächst aus der Erde? Bäume!«

Bob setzte sich auf sein Fahrrad und dachte nach. »Auf dem Rocky Hill gibt es ein Waldstück mit uralten Bäumen. Ich war mit meinem Vater mal dort. Auf diesem Berg wurde damals die erste Siedlung von Rocky Beach gebaut. Ich schlage vor, wir gucken uns da ein bisschen um.«

Es war nicht weit bis dorthin, doch der Weg war steinig und führte steil bergauf. Justus schnaufte. »Ich weiß schon, warum man die Stadt weiter unten gebaut hat«, japste er erschöpft. Albert hingegen rannte unermüdlich vorneweg.

Bob zeigte ihnen die Stelle mit den hohen Bäumen. Es war eine Ansammlung von riesigen Mammutbäumen. Sie stellten ihre Fahrräder ab.

»Die Bäume hier stehen unter Naturschutz. Irgend so ein hohes Tier ließ die vor mehr als zweihundert Jahren anpflanzen. Warum, weiß ich nicht mehr. Solche Mammutbäume können über 3000 Jahre alt werden und über hundert Meter hoch. Mein Vater hat einen Bericht darüber geschrieben.« Bobs Vater war Reporter bei einer großen Tageszeitung in Los Angeles.

Justus betrachtete die mächtigen Bäume. »›Such meinen Namen und werde fündig‹, hat Smith geschrieben. Der macht es uns aber auch nicht leicht.«

Ziellos rannten sie zwischen den Bäumen umher.

»Das ist ja wie bei der Nadel im Heuhaufen«, stöhnte Peter. »Wenn man wenigstens wüsste, wonach man sucht. Wenn ihr mich fragt, Smith ist reif für die Klapsmühle. Wer sich solche Sachen ausdenkt, der... He! Ich denke, ich hab was.« Peter blieb wie angewurzelt vor einem Baum stehen. Justus und Bob kamen zu ihm gelaufen.

»Was hast du gefunden?«, fragten sie ihn. Doch dann sahen sie es auch. In Kopfhöhe hatte jemand vor langer Zeit zwei Buchstaben in den Baumstamm geschnitzt. Man konnte sie kaum noch erkennen, so sehr waren sie in der Baumrinde eingewachsen.

»J. S. Das sind die Anfangsbuchstaben von John Smith«, flüsterte Bob fast respektvoll.

Justus lief um den Baum herum. »Hier muss irgendetwas Auffälliges zu finden sein, und ich glaube, ich hab schon was entdeckt.« Er schob welkes Laub beiseite und zeigte auf ein tiefes Loch zwischen den Wurzeln. »Ich könnte mir denken, das da drin was versteckt ist.«

»Willst du auch wieder Wasser reinschütten?«, lachte Peter.

Justus blieb ernst. »Nein. Hier kann man anscheinend hineingreifen. Und du hast die längsten Arme.«

Peter hörte schlagartig auf zu lachen. »Niemals. Nie im Leben werde ich in so ein Loch greifen. Ich wette, da sind alle möglichen Viecher drin. Oder vielleicht sogar Schlangen. Ich hasse Schlangen. Soll Bob da reinfassen. Ich verspreche, beim nächsten Rätsel melde ich mich freiwillig.«

Bob war auch nicht besonders wohl bei der Sache, ließ sich dann aber überreden. »Okay, ich mach es«, entschied er. »Dann darfst du bei der nächsten Aufgabe aber auch keinen Rückzieher machen, Peter. Egal, was es ist.«

Er kniete sich vor das Loch und schob langsam seine Hand in die Öffnung. Tiefer und tiefer tastete er sich an dem moosigen Holz entlang.

»Kannst du schon was fühlen?«, fragte Justus gespannt.

»Ja, fühlt sich an wie ein aufgeweichter Pilz.«

Bobs Arm war jetzt bis zur Schulter verschwunden. »Jetzt hab ich was. Könnte ein kleines Säckchen oder so sein und ...« Plötzlich riss er panisch die Augen auf. »Da läuft was über meine Hand!«

»Nicht bewegen! Vielleicht sticht oder beißt es dich sonst!«, schrie Peter zurück.

Bob lief der Schweiß von der Stirn. Er wagte nicht zu atmen. Etwas krabbelte langsam über seinen Handrücken. Er fühlte, wie viele kleine Füße

73

sich an seinem Unterarm entlangbewegten. Sein Körper war wie versteinert.

Nach endlosen Sekunden holte er tief Luft. »Ich glaube, es ist weg. Ich zieh jetzt meinen Arm raus.«

»Lass den Beutel nicht fallen«, flüsterte Justus.

Bob sparte sich die passende Antwort für später auf. Langsam kam seine Hand zum Vorschein. »Geschafft«, schnaufte er und bekam wieder etwas Farbe im Gesicht.

Peter hingegen starrte ihn regungslos an.

»Was hast du denn? Meine Hand ist nicht abgebissen worden«, lachte Bob.

Doch Peter zeigte mit zittrigem Finger auf den Ärmel von Bobs T-Shirt. Ein riesiges Insekt krallte sich im Stoff fest.

Mit einem lauten Schrei schüttelte Bob das Tier ab. Er konnte gerade noch die langen Fühler und die behaarten Beine erkennen. Albert rannte bellend davon. Das Insekt fiel zu Boden und gleichzeitig bereitete Justus dem Wesen ein Ende. Ein lautes Knacken war unter seinen Schuhen zu hören. Keiner wollte mehr einen Blick darauf werfen.

Absteigerduell

Es dauerte eine Weile, bis sich die drei ??? wieder beruhigt hatten. Bob war immer noch übel.

»Und das alles wegen dieses Beutels«, stammelte er und hielt ein kleines verrottetes Ledersäckchen hoch.

Peter wich einen Schritt zurück. »Ich will gar nicht erst wissen, was da drin ist.«

Justus ergriff das Säckchen und betrachtete es: »So ein Biest kann da nicht drin sein. Das Ding ist zugeknotet.« Mutig öffnete er den Beutel und schüttete den Inhalt auf seine Hand.

Es waren zwei kleine hellbraune Steine. Neugierig begutachtete er den Fund. »Das sieht aus wie Bernstein. Das ist uraltes Baumharz, das versteinert ist.« Er hielt die Steine gegen die Sonne. »Man kann durch Bernstein hindurchschauen wie durch Glas. Manchmal sind Fliegen darin eingeschlossen — oder so etwas wie hier: In jedem sehe ich ein winziges verwelktes Blatt.«

Peter kam näher und betrachtete die beiden Steine. »Alles merkwürdig. Wenn ihr mich fragt: Der Kerl verschaukelt uns.«

Bob wischte sich die Hände an seiner Hose ab und dachte nach. »Ich glaube, es gibt eine einfache Erklärung. Durch seine Zeitmaschine lebt Smith im Jahr 1864. Und das will er uns immer wieder beweisen. Erst der Brief an Boris Zarkow, abgestempelt im Jahre 1864. Dann die Zweicentmünze aus demselben Jahr. Und jetzt diese uralten Buchstaben. So wie die aussehen, sind die garantiert vor über hundert Jahren in die Rinde geritzt worden.«

Justus nickte. »Das könnte eine logische Erklärung sein — muss es aber natürlich nicht. Ohne fremde Hilfe kommt er nicht wieder zurück in die Gegenwart. Er braucht jemanden, der die vier Tasten an seiner Zeitmaschine in der richtigen Reihenfolge drückt. Wenn wir also die vier Rätselaufgaben lösen, wissen wir auch, welche Reihenfolge das ist. Wir müssen einfach alles sammeln, was wir finden. Ich denke, es ist Zeit für die dritte Aufgabe.«

Peter und Bob hörten gespannt zu, als Justus

vorlas: »Steig hinab in das ewige Nass am Waldesrand und zähl bis zweiundzwanzig!«

»Wie? Mehr steht da nicht?«, wunderte sich
Peter.

Justus knetete an seiner Unterlippe. »Ein ewiges
Nass? Was kann das sein? Ein Meer? Ein See? Aber
da kann man nicht runtersteigen und außerdem soll
es am Waldesrand sein, also hier in der Nähe.«

Sie nahmen ihre Fahrräder und durchquerten
den Wald. Albert legte an jedem Baum eine kurze
Pause ein. Der Weg führte sie zu einer Lichtung.

»Hier irgendwo standen die Bauernhäuser der
ersten Siedler«, erklärte Bob. »Dort hinten sieht
man sogar noch ein paar Ruinen.«

Sie fuhren darauf zu und betrachteten die zerfallenen Mauerreste. »Dass hier mal welche gewohnt
haben«, dachte Peter laut.

Bob stellte sein Fahrrad ab. »Vielleicht waren es
sogar unsere Urgroßeltern? Aber wonach sollen wir
jetzt suchen? Das ewige Nass ...? Also hier gibt es
keinen Tropfen Wasser. Früher haben die sich extra
einen Brunnen gebaut dafür.«

»Natürlich«, rief plötzlich Justus. »Ein Brunnen! Da ist immer Wasser drin. Das ewige Nass. Ich bin mir sicher, dass wir hier einen finden.«

Es dauerte nicht lange und sie fanden tatsächlich einen alten zerfallenen Brunnen. Bob ließ einen Stein hineinfallen und hörte, wie er tief unten ins Wasser klatschte. »Tja, Peter, dann weißt du ja, was du zu tun hast. Steig hinab und zähl bis 22, heißt es im Rätsel. Du bist diesmal dran!«

Peter wollte gerade etwas sagen, als er sich an sein Versprechen erinnerte. Bei dem Gedanken an den Brunnen überkam ihn ein Schaudern. »Hätte ich das gewusst, hätte ich lieber zehnmal in das Loch im Baum gegriffen.« Doch dann beugte er sich entschlossen über den Brunnen.

An der Innenseite ragten Eisensprossen heraus, von unten stieg der Geruch wie von feuchten Kellergewölben empor. Vorsichtig kletterte Peter über den Rand und stieg Sprosse für Sprosse in die Tiefe.

»Zähl die Sprossen bis 22!«, rief ihm von oben Justus hinterher. Peter begann mitzuzählen. 5, 6, 7 ... Über sich sah er seine beiden Freunde auf ihn herunterblicken. 8, 9, 10 … Die Wände wurden immer feuchter. Peter dachte an Wasserschlangen. 11, 12, 13 … Hoch über seinem Kopf sah er nur noch einen hellen runden Kreis. Es wurde kalt und dunkel. 14, 15, 16 … Plötzlich bekam er nasse Füße.

»Mist«, fluchte er leise vor sich hin. Er wusste, was die beiden von ihm erwarteten.

Langsam tauchten seine Beine ins kalte Nass. Sein Fuß fand die nächste Sprosse. 18, 19 … Mittlerweile reichte das Wasser bis zum Bauchnabel. Ihn überkam eine Gänsehaut. 20, 21 … Das Wasser stand ihm fast bis zum Hals. 22! Geschafft.

Stück für Stück tastete er mit den Füßen die letzte Sprosse ab. Luftblasen stiegen an seinem Körper nach oben. Doch dann fühlte er plötzlich etwas Ungewohntes unter seinen Sohlen.

Totengräber

»Hast du was entdeckt?«, rief Bob von oben.

»Ich weiß nicht. Da ist etwas Hartes. Ich versuche es mit den Füßen nach oben zu ziehen. Ich glaube, es ist eine Eisenkette.«

Langsam hob Peter die Kette an, bis er sie mit der einen Hand greifen konnte. »Ich hab sie! Ich werde jetzt vorsichtig daran ziehen.« Meter um Meter zog Peter die rostige Kette aus dem Wasser. »Da hängt unten was dran.« Angestrengt sah er in die Tiefe und erblickte etwas Glänzendes. Schließlich tauchte es auf und Peter hielt es in den Händen.

»Nun sag schon, was hast du da?«

Peter entfernte die Kette und stieg mit seinem Fund wieder nach oben.

»Zeig her, was ist es?«, wollte Bob gespannt wissen.

Es war ein silberner Pokal. Er besaß einen Deckel, der mit Draht zugebunden war.

»Hier steht was drauf«, stellte Justus fest und

entzifferte die unleserlichen Buchstaben: »Erster Platz im Wettbewerb der Holzhacker für John Smith. November 1864.«

Bob war begeistert: »Seht ihr! Das ist wieder ein Beweis, dass Smith in der Vergangenheit lebt. Meine Theorie ist richtig.«

Doch Peter konnte er immer noch nicht überzeugen: »Für mich ist das nur ein Blechpott. Das könnte genauso gut eine Fälschung sein.«

Justus war inzwischen damit beschäftigt, den Draht am Deckel aufzubiegen. »Gucken wir lieber, was drin ist. Streiten könnt ihr später noch!« Er hob den Deckel ab und goss rostbraunes Wasser heraus. Am Boden des Pokals glitzerten drei Kristalle.

»Das sind Diamanten!«, entfuhr es Bob.

Peter nahm sie in die Hand und rieb sie an seiner nassen Hose sauber. »Unsinn, das sind nur geschliffene Glassplitter«, enttäuschte er ihn.

Justus steckte sie zu den anderen Fundstücken in seine Tasche. »Egal, was es ist. Auf jeden Fall ist es wieder ein Hinweis auf das Tastenrätsel. Wir sollten uns erst nach der vierten und letzten Aufgabe darüber Gedanken machen.« Dann holte er wieder den blauen Zettel heraus und las vor: »Meine Gebeine bringen die Erleuchtung.«

Nachdenklich setzten sich die drei ??? auf den Brunnenrand. Allmählich setzte die Abenddämmerung ein und Albert rannte neugierig zwischen den Ruinen umher.

Peter zog sein tropfendes T-Shirt aus und begann es auszuwringen. »Wenn ihr mich fragt, Gebeine erinnern mich an Skelette. Und wenn ich heute noch einen alten Totenkopf ausbuddeln muss, ist der Tag für mich gelaufen.«

Bob machte ihm noch mehr Angst. »Ich weiß, dass diese Siedlung auch einen kleinen Friedhof hatte. Mein Vater fotografierte hier damals alles.«

Peter wollte den Friedhof erst am nächsten Tag untersuchen, doch Justus und Bob drängten ihn. Missmutig folgte er den beiden auf dem Fahrrad.

Es hatte sich leicht abgekühlt und auf der Lichtung bildeten sich dünne Nebelschwaden.

Abseits der Siedlung fanden sie den ehemaligen Friedhof von Rocky Beach. Er war umwuchert mit dornigen Sträuchern und Efeuranken. Eine große schwarze Krähe saß auf einem verwitterten Mauerrest und wurde von Albert aufgeschreckt. Krächzend flog sie davon.

»Soll ich schon mal eine Schaufel holen?«, fragte Peter und lachte gezwungen.

»Das ist nicht der Moment für Witze!«, entgegnete Justus trocken. »Wir müssen uns aufteilen und jeden einzelnen Grabstein untersuchen.«

»Aufteilen? Ich lauf doch hier nicht allein herum!«, beschwerte sich Bob. Auch er fühlte sich nicht besonders wohl auf dem Friedhof. In der Ferne heulte ein Hund auf und am dunklen Himmel flatterten Fledermäuse auf der Suche nach Beute.

Die drei ??? beschlossen zusammenzubleiben. Sie liefen von Grabstein zu Grabstein und entzifferten die eingemeißelten Namen. Einige Steine waren über und über mit Moos bewachsen und mussten erst einmal davon befreit werden. David Finch, Ben Cartwright, Luise Hornfield, John Smith ...

»Da! Das ist sein Grab!«, platzte Bob heraus. »Das ist der eindeutigste Beweis, dass er in dieser Zeit gelebt hat. Seine Zeitmaschine funktioniert!«

»Es gibt Tausende, die John Smith heißen. Jeder Zweite in Amerika hat diesen Namen. Außerdem, wenn er tot ist, kann er auch nicht mehr zurück in die Gegenwart«, maulte Peter.

Justus betrachtete den Stein genauer. »Es ist kein Sterbedatum eingetragen und auch nicht, wann er geboren wurde. Es steht nur der Name drauf.« Er ging noch näher heran. »Über dem Namen sind vier kleine Sonnen abgebildet. Merkwürdig.« Justus knetete an seiner Unterlippe. »Na klar! Seine Gebeine bringen Erleuchtung, heißt es im Rätsel. Mit der Erleuchtung meint er die leuchtende Sonne. Die vier Sonnen sind sein letzter Hinweis.«

Peter und Bob sahen ihn erstaunt an. Justus' Theorie klang sehr überzeugend.

Die drei ??? waren stolz, alle vier Aufgaben gelöst zu haben, und beschlossen nach Hause zu fahren. Plötzlich hörte man ein dumpfes Grollen.

»Habt ihr das gehört?«, stammelte Peter entsetzt.

Justus grinste und zeigte auf seinen Bauch. »Das war mein Magen. Ich hab den ganzen Tag außer vier Kugeln Zitroneneis nichts gegessen.«

Das Tastenrätsel wird gelöst

Als sie wieder vor dem Haus von Justus ankamen, verabredeten sie sich für den nächsten Tag in der Kaffeekanne. Peter schlotterte vor Kälte in seinen nassen Sachen und wollte nur noch ins Bett.

Tante Mathilda und Onkel Titus schliefen anscheinend schon. Sie werden schon nicht meckern, wenn ich so spät zurückkomme, dachte Justus. Ist ja schließlich Wochenende und ich bin kein Baby mehr.

Hungrig schlich er noch in die Küche und durchstöberte den Kühlschrank. Er hatte Glück und fand zwei gebratene Hühnerkeulen und eine große Fleischwurst. Fünf Minuten später lagen nur noch die Knochen auf dem Küchentisch und Albert leckte sich die Schnauze.

Todmüde fiel Justus in sein Bett. An diesem Tag war so viel passiert, dass es ihm vor den Augen flimmerte. Das Hausboot mit der Zeitmaschine, Boris Zarkow und die Venetti-Brüder, das Tastenrätsel, die Kanone mit dem Ei, der Baum und das Insekt,

Peter im Brunnen und die Suche auf dem Friedhof. Wie mag das alles nur zusammengehören? Fragen über Fragen wirbelten in Justus' Kopf herum.

Er träumte von einer riesigen Spirale, die ihn wie ein Wirbelsturm aufsog und ihn in den Weltraum spuckte. Mit ausgebreiteten Armen raste er vorbei an der Sonne und den Sternen, mitten hinein in die Milchstraße. Die Zeit schien stillzustehen. Dann versank er in einen tiefen Schlaf.

Etwas Warmes und Feuchtes glitt über seine knubbelige Nase. Justus war schlagartig wach und blickte in zwei große Hundeaugen.

»Igitt!«, rief Justus und rannte ins Badezimmer, um sein Gesicht zu waschen. Er konnte sich einfach nicht vorstellen, wie andere Hundebesitzer das toll fanden.

Er hatte völlig verschlafen und zog sich in Windeseile an. In zehn Minuten wollte er sich schon mit Peter und Bob in der Kaffeekanne treffen.

Tante Mathilda und Onkel Titus waren den ganzen Tag in der Stadt, um Besorgungen zu machen. So wurde er wenigstens nicht aufgehalten.

Mit seinem Rucksack auf dem Rücken und einem Brötchen im Mund sprang er aufs Fahrrad. Albert saß wieder in dem Korb auf dem Gepäckträger und bellte während der Fahrt vergnügt.

»Das wurde aber auch Zeit!«, begrüßten ihn seine Freunde in der Kaffeekanne. Peter trug einen Schal. »Meine Mutter wollte mich heute Morgen gar nicht weglassen. Sie ist sicher, dass ich eine Lungenentzündung bekomme.«

Bob grinste. »Wenn unsere Eltern wüssten, was wir gemacht haben, würden sie uns heute noch ins Internat schicken.«

Alle lachten, aber so daneben lag er mit dieser Vermutung wahrscheinlich gar nicht.

»Kommen wir zur Sache!«, beendete Justus die allgemeine Heiterkeit. »Wir haben einen Fall zu lösen. Ich schlage vor, wir fassen noch mal alles zusammen und überlegen das weitere Vorgehen.«

Peter und Bob kannten diese Art von ihm und

wurden wieder ernst. Justus fuhr fort: »Wir haben eine Zeitmaschine gefunden. Dass es eine ist, behauptet zumindest John Smith. Dieser steckt in der Vergangenheit fest und kommt von allein nicht mehr zurück. Er hofft, dass jemand die Aufzeichnungen in seinem Labor findet und ihm hilft wieder in die Gegenwart zu gelangen. Boris Zarkow und die Venetti-Brüder wissen ebenfalls von dieser Sache. Doch nur wir haben den blauen Zettel in Alberts Halsband gefunden und die vier Rätsel lösen können. Durch die Hinweise von Smith sollte es uns gelingen, die vier Tasten an der Zeitmaschine richtig zu drücken. Wenn alles klappt, kommt er zurück und der Fall ist gelöst.«

Bob nickte.

Peter hingegen schüttelte den Kopf. »Ich will einfach nicht an die Sache glauben. Niemand kann eine Zeitmaschine bauen. Ich glaube eher an einen großen Schwindel. Wenn da mal nicht Boris Zarkow dahinter steckt.«

Justus packte seinen Rucksack aus. »Wir sollten einfach versuchen, das Tastenrätsel zu lösen. Dann

werden wir schon sehen, was die Maschine kann.«
Peter war einverstanden.

Sie saßen im Kreis und Justus legte alle Fund-
stücke in die Mitte. Die zerbrochenen Eierteile, die
Zweicentmünze, das Säckchen mit den zwei Bern-
steinen und den welken Blättern, den silbernen
Pokal mit den drei Glasscherben. Auf ein Stück
Papier malte er noch vier kleine Sonnen. »Die Sonnen auf dem Grabstein dürfen wir nicht vergessen.«

Peter erschauderte und wollte sich ungern daran
erinnern.

Die drei ??? betrachteten lange Zeit die merkwürdigen Dinge. Zum ersten Mal sah Justus etwas ratlos aus. Doch dann knetete er entschlossen seine
Unterlippe und dachte angestrengt nach. »Es liegen
hier zu viele Dinge, einige sind überflüssig.«

Bob überlegte weiter. »Stimmt. Die Zweicentmünze hat Smith nur in das Ei getan, um zu beweisen, dass er tatsächlich in der Vergangenheit lebt.
Genauso ist es mit dem Pokal. Das ist auch nur ein
Beweis, dass er im Jahr 1864 ist. Wenn ich die weg-

nehme, haben wir nur noch das Ei, die welken Blätter im Bernstein, die Glassplitter und die Sonnen.«

Langsam wurde die Sache übersichtlicher. Justus nahm einen Notizblock und schrieb auf: ›1 Ei, 2 Blätter, 3 Glassplitter, 4 Sonnen‹. Dann kaute er auf dem Schreiber herum. »Ich bin sicher, dass dies alles Symbole für etwas sind. Zum Beispiel, woran denkt ihr zuerst bei den welken Blättern?«

»Herbst!«, antwortete Peter spontan.

»Gut. Und bei der Sonne?«

»Sommer«, platzte Peter heraus.

Die Gesichter der drei ??? erhellten sich.

»Ich glaube, wir sind auf der richtigen Spur. Wir haben Herbst und Sommer. Wofür könnte das Ei stehen?«

Jetzt meldete sich Bob: »Natürlich für den Frühling. Das Ei ist der Anfang. Damit beginnt alles. Denkt nur an den Osterhasen.« Die drei Freunde waren begeistert.

»Übrig bleibt nur noch der kalte Winter«, schloss Justus die Überlegungen ab. »Und dafür stehen diese Glassplitter. Sie sehen aus wie Eiskristalle. Ich bin froh, dass es bei uns in Kalifornien so etwas nicht gibt«, grinste er.

Jetzt waren sie sehr aufgeregt. Justus griff wieder zum Notizblock. »Hier steht ›1 Ei, 2 Blätter, 3 Scherben, 4 Sonnen‹. Eben haben wir herausgefunden: Ei gleich Frühling, Blätter gleich Herbst, Scherben gleich Winter, Sonne gleich Sommer. Fällt euch was auf?«

Peter antwortete: »Natürlich fällt einem da was auf. Die Reihenfolge stimmt nicht. Erst kommt der Frühling, dann Sommer, Herbst und Winter.«

Justus änderte in seinem Notizblock die Reihenfolge. Jetzt stand dort: ›1 Frühling, 4 Sommer, 2 Herbst, 3 Winter‹.

Dann legte er den Block beiseite und klatschte in die Hände. »Freunde, wir haben es. Die vier Jahreszeiten stehen für die vier Tasten an der Zeitmaschine. Die Kombination ist 1-4-2-3. In dieser Reihenfolge müssen wir die Tasten drücken. Wir haben das Rätsel geknackt.«

Die drei ??? jubelten und Albert sah sie verständnislos an.

Zeitsprünge

»Auf zur Zeitmaschine!«, triumphierte Bob. »Wir holen John Smith zurück aus der Vergangenheit.«

So schnell sie konnten, rasten sie zurück zum Schrottplatz. Als sie auf die Hauptstraße bogen, drehte sich Justus irritiert um.

»Was ist los, Just? Hat Albert dir in den Hintern gebissen?«, lachte Bob.

Justus schüttelte den Kopf. »Ich dachte nur, ich hätte diesen schwarzen Lieferwagen gesehen.«

Wenig später lehnten sie ihre Fahrräder an den Schuppen mit Onkel Titus' Lieblingsschrott. Mit einem Ruck zog Bob das Tuch von der Maschine.

Justus holte seinen Notizblock aus der Tasche, ging langsam auf die Maschine zu und stellte sich direkt vor die vier Tasten. Albert heulte auf und versteckte sich hinter einer Holzkiste.

»Und was ist, wenn uns gleich der ganze Kasten um die Ohren fliegt?«, gab Peter zu bedenken.

Keiner gab ihm darauf eine Antwort.

Entschlossen klappte Justus sein Notizbuch auf. »Okay, die Kombination ist 1-4-2-3. Ich werde jetzt den Code eingeben. Hat jemand noch was zu sagen?«

Plötzlich antwortete von der Tür eine Männerstimme. »Ich sage nur, Respekt, meine lieben Freunde.« Es war Boris Zarkow. Hinter ihm standen die Venetti-Brüder.

Justus fiel vor Schreck der Block aus der Hand. Der Professor ging langsam auf ihn zu und hob das Notizbuch wieder auf: »Aber, aber, so geht man doch nicht mit wertvollen Unterlagen um!«

Seine beiden Assistenten stellten sich vor Peter und Bob und sahen regungslos durch ihre Sonnenbrillen. Keiner der drei ??? brachte ein Wort über die Lippen.

»So schweigsam«, fuhr Zarkow fort und grinste unangenehm. »Dabei haben wir doch einen Grund zu feiern. Wir werden gleich Zeuge des wichtigsten Experiments unseres 21. Jahrhunderts.«

Justus fasste sich ein Herz: »Was haben Sie vor?«

Boris Zarkow gab Justus das Notizbuch zurück. »Warum so ängstlich? Wir möchten lediglich bei dem Experiment dabei sein. Diesen bescheidenen Wunsch werdet ihr uns doch nicht abschlagen, oder?« Die beiden Venettis knackten mit ihren Fingern. Zarkow lachte. »Ich danke euch. Wir stehen in eurer Schuld. Ich glaube, wir hätten es nie geschafft, die Kombination rauszubekommen. Wir mussten euch einfach nur verfolgen. Das war sicherlich alles sehr anstrengend. So allein im Wald und in dem Brunnen und das alles. Also, darum sage ich danke, danke, danke.«

Justus dachte wieder an den schwarzen Lieferwagen.

»So, und nun sollten wir den armen John Smith aus der Vergangenheit zurückholen. Ich überlasse euch natürlich die Ehre, den Code einzugeben.«

Justus hatte keine andere Wahl und seine zitternde Hand legte sich auf die Tasten.

»Ach, und bitte: Konzentrier dich! Du weißt, was Onkel Smith geschrieben hat: Man hat nur einen Versuch!«

Justus sah auf die beiden Venetti-Brüder. Sie knirschten mit den Zähnen, als würden sie Steine zerbeißen. Er holte tief Luft, sah noch einmal in sein Notizbuch und drückte entschlossen die erste Taste. Man hörte ein leises Klicken. Dann drückte er auf die vierte Taste. Peter und Bob hielten den Atem an. Jetzt war die Zwei dran. Der Kristall über dem Stuhl begann unmerklich zu flimmern.

»Nur Mut, mein Freund! Nur Mut! Los, die letzte Taste!« Zarkows Augen leuchteten wahnsinnig.

Justus wich ein Stück zurück und streckte die Hand aus. Sein Zeigefinger lag jetzt auf der dritten Taste. Dann drückte er.

Gebannt starrten alle auf die Maschine. Der Kristall begann zu pulsieren und leuchtete abwechselnd blau und grün. Der ganze Apparat erzitterte und von unten drang dichter Nebel empor. Zarkow hob langsam die Arme in die Luft. »Schaut es euch an! Die Zeit wird gerade besiegt!«

Plötzlich gab es einen unglaublich lauten Knall und alle außer dem Professor gingen in Deckung.

Dann geschah nichts mehr.

Der Nebel verflog und die Maschine sah aus wie zuvor. Boris Zarkow stand noch immer mit erhobenen Armen da und konnte es nicht fassen. »Was ist das? Das kann es doch nicht gewesen sein? John Smith, zeig mir, dass deine Maschine funktioniert!« Er war außer sich vor Wut und Peter war kurz davor, schadenfroh zu grinsen.

Doch plötzlich legte sich ein Lächeln auf das Gesicht des Professors. »Natürlich ... Wie konnte ich nur so ein Idiot sein. Wenn man durch eine Zeitmaschine zurück aus der Vergangenheit kommt, wo landet man dann?« Er zeigte wie ein Lehrer auf die Venetti-Brüder. Diese schüttelten nur den Kopf.

»Ach, ihr seid doch einfach nur Dummköpfe. Natürlich landet man da, wo man abgereist ist. Also im Maschinenraum des Hausboots!«

Zurück aus der Vergangenheit

Boris Zarkow legte Justus die Hand auf die Schulter und sah ihm ins Gesicht. »Ihr kommt doch alle mit? So etwas lasst ihr neugierigen Bengels euch bestimmt nicht entgehen, oder? Nachher macht ihr in der Zwischenzeit noch Dummheiten und erzählt es eurer Mama. Und es soll doch ein Geheimnis unter uns bleiben?«

Die drei ??? sahen sich an. Dies war eine Aufforderung, gegen die sie sich nicht wehren sollten.

Schon machten sich die Venetti-Brüder daran, die Zeitmaschine aus dem Schuppen zu tragen und in dem schwarzen Lieferwagen zu verstauen. Die drei Freunde mussten sich dazusetzen. Sie passten gerade mal alle mit hinein. Der Professor und die Venetti-Brüder saßen vorn.

Die Wände des Wagens waren voll gestopft mit technischen Geräten und Computern. Überall hingen Kabel umher und an einer Stelle sah man das

Bild eines Außerirdischen. Albert bellte, als der Wagen sich in Bewegung setzte.

Auf dem Weg zum Hafen wurden sie kräftig durchgeschüttelt und keiner sprach ein Wort. Minuten später standen alle vor dem Hausboot.

Ernesto Porto kam auf den Professor zu und fragte, was er wolle.

»Ich möchte Ihr Schiff für einen Tag mieten«, antwortete Zarkow freundlich und steckte dem Hafenmeister einen großen Geldschein zu. Porto war sichtlich zufrieden und ging wieder pfeifend in einen der Schuppen zurück.

»So, meine Herren. Dann wollen wir mal sehen, ob John Smith gut gelandet ist.«

Der Professor öffnete die Klappe zum Maschinenraum. Alle sahen gespannt in die Dunkelheit. Auch Justus, Peter und Bob blickten neugierig nach unten. Zarkow hielt die brennende Petroleumlampe tiefer und tatsächlich: Auf dem Boden lag ein Mann.

»Hallo, Mister Smith. Geht es Ihnen gut? Ich bin es. Professor Zarkow. Hören Sie?«

Der Mann rollte auf die Seite. Langsam mühte er sich hoch und blinzelte nach oben. »Ja, ich bin es. Mein Name ist Smith. John Smith.« Er schien etwas verwirrt zu sein.

»Kommen Sie zu uns herauf, lieber Mister Smith. Willkommen zurück im 21. Jahrhundert. Wie war die Reise? Ich habe viele Fragen an Sie und überhaupt: Herzlichen Glückwunsch zur Erfindung der Zeitmaschine.« Boris Zarkow half ihm nach oben und Albert bellte sein Herrchen überglücklich an.

Smith blickte sich unsicher um. Er trug Cowboystiefel und ein Holzfällerhemd. Bob flüsterte Peter ins Ohr: »Das trug man damals 1864.«

John Smith hatte sich langsam wieder gefasst. »Professor Zarkow, ich muss Ihnen danken. Ich wusste, dass Sie auf meinen Brief aus der Vergangenheit reagieren würden. Ich musste nur sichergehen, dass keine falsche Person die Zeitmaschine und den Code in die Hände bekommt. Sie wissen doch: Nur der geistig Helle ... Deshalb die vielen Rätsel. Nicht auszudenken, was man mit der Maschine Schreckliches anstellen könnte.«

Zarkow lächelte und zeigte auf die drei ???.
»Nicht ich habe Sie aus der Vergangenheit befreit,
sondern diese jungen Hobbydetektive hier.«

Erst jetzt schien Smith sie zu bemerken. »Was?
Wie konnten Kinder an die Geheimnisse kommen?

Aber was soll's. Hauptsache, ich bin wieder zurück.
Jetzt muss es die ganze Welt erfahren: Zeitreisen
sind möglich! Sie müssen sich gleich mit der Presse
in Verbindung setzen, Professor, und denen alles
mitteilen. Sie sind Zeuge der ersten Zeitreise der

Menschheit und ich, John Smith, habe es möglich gemacht.« Er strahlte über das ganze Gesicht.

Doch Boris Zarkow trübte seine Stimmung. »Lieber John, das wäre das Dümmste, was wir tun könnten. Die Menschheit ist doch noch gar nicht so weit, mit einer Zeitmaschine umzugehen. Glauben Sie mir, beim ›Dritten Auge‹ ist sie am besten aufgehoben. Stellen Sie sich doch nur mal die Möglichkeiten für uns vor: Wir reisen in die Vergangenheit und wissen dort die Lottozahlen im Voraus! Und das ist erst der Anfang. Unendlicher Reichtum steht uns bevor. Wir können die Geschichte zu unseren Gunsten verändern.«

Smith traute seinen Ohren nicht. »Sie sind ja wahnsinnig, Zarkow. Ich denke, Sie sind Forscher? Was ist mit der Wissenschaft? Denken Sie an den Nobelpreis!«

»Ich pfeif auf den Nobelpreis, Smith. Ich will den Reichtum und die Macht. Aber wenn Sie nicht möchten, ich brauche Sie nicht mehr dafür. Ich habe die Maschine und den Code. Aber bevor ich Sie hier in dem Elend allein lasse, werde ich die Maschine selbst testen. Hier und jetzt in unserem Lieferwagen.« Er schnippte mit den Fingern und die Venetti-Brüder folgten ihm vom Boot.

»Das können Sie nicht machen, Zarkow! Das können Sie nicht machen!«, rief Smith hinterher. Kraftlos sank er auf den Boden und vergrub das Gesicht in seinen Händen. »Alles war umsonst. Es war alles umsonst«, jammerte er leise.

Aufgeflogen

Albert legte sich winselnd zu seinem Herrchen. Die drei ??? standen ratlos daneben. Justus ging einen Schritt nach hinten und stieß gegen die Toilettentür. Sie war nicht richtig verschlossen und klappte von allein auf. Er wollte sie gerade wieder schließen, als sein Blick kurz ins Innere fiel. Plötzlich knetete er angespannt die Unterlippe.

Dann ging Justus entschlossen auf den Mann am Boden zu. »Smith, Sie sind ein Lügner. Ihre Zeitmaschine ist ein großer Schwindel.«

Peter und Bob starrten ihn fragend an.

Smith hob langsam den Kopf. Tränen liefen ihm übers Gesicht. »Was bin ich? Ein Schwindler?« Empört stand er auf. »Du nennst mich einen Lügner? Weißt du eigentlich, wie viel Arbeit und Zeit in meiner Maschine stecken? Jahrelang habe ich alles entbehrt, nur für diese Erfindung. Ich musste in diesem Dreckloch hausen und mein Albert hatte mehr zu essen als ich.«

Jetzt konnte auch Bob nicht mehr schweigen: »Just, wie kommst du darauf? Wie kannst du John Smith beleidigen?« Peter nickte, denn er begann gerade erst an die Zeitmaschine zu glauben.

Justus drehte sich um und griff in den Toilettenraum. In der Hand hielt er verschiedene Kleidungsstücke, einen weißen Bart, eine Pfeife und gelbe Gummistiefel. »Kommt Ihnen das bekannt vor?«, fragte er Smith. Der Mann schüttelte heftig den Kopf und blickte starr auf den Boden. Justus fuhr fort: »Kennen Sie einen bärtigen Fischer, der hier im Hafen immer vor seinem Schuppen sitzt, Pfeife raucht und gelbe Gummistiefel trägt?«

Der Erfinder wurde zunehmend nervöser.

Jetzt dämmerte es auch Peter und Bob. Sie erinnerten sich ebenfalls an den Fischer in den gelben Gummistiefeln.

Justus blieb hartnäckig. »Warum antworten Sie nicht, Smith? Kann es sein, dass Sie und der Fischer ein und dieselbe Person sind? Während alle denken sollten, Sie reisten mit Ihrer Zeitmaschine durch die Weltgeschichte, saßen Sie vor unserer Nase und zündeten sich gemütlich eine Pfeife an?«

John Smith wollte etwas sagen, doch er brachte nur ein Stottern über die Lippen.

Justus ließ nicht locker. »Sie haben sich die ganze Geschichte ausgedacht. Nichts stimmte. Die Zeitmaschine ist nur eine Attrappe. Alles war ein großer Betrug.«

Smith konnte nicht mehr. Sein ganzer Körper sackte zusammen und er kauerte wieder auf dem Boden. Peter und Bob waren fassungslos.

»Ja, es stimmt. Ich bin ein Versager.« Smith schien jegliche Kraft verloren zu haben. »Ich wollte einmal im Leben etwas Großes vollbringen. Mein Name sollte in jedem Geschichtsbuch stehen. John Smith, der Erfinder der Zeitmaschine. Alles, was ich bisher erfunden hatte, funktionierte nicht: Mein vollautomatischer Waschlappen, der ferngesteuerte Staubsauger oder der Apparat für viereckige Seifenblasen. Alle haben mich nur ausgelacht.«

Schweigend sahen die drei ??? auf den gebrochenen Mann. Dann erzählte er die ganze Geschichte. Er hatte es darauf angelegt, dass seine Sachen aus dem Hausboot geräumt würden. Smith wollte durch sein Verschwinden erreichen, dass Professor Zarkow vom Gelingen einer Zeitreise mit der Maschine überzeugt würde. Dann hätte er einen Zeugen gehabt, der es der Presse und dem Fernsehen weitererzählen sollte. Die Rätsel waren dazu bestimmt, den letzten Zweifel auszuräumen. Smith selbst versteckte die Beweise. Die Krönung der Lügengeschichte sollte sein Wiedererscheinen auf dem Hausboot werden. Danach wollte er die Zeitmaschine zerstören, damit niemand sie ausprobieren und den Schwindel bemerken konnte.

»Aber was ist mit den ganzen Beweisen aus der Vergangenheit?«, unterbrach ihn Bob, der sichtlich enttäuscht war. »Was ist mit dem Stempel, der Zweicentmünze, den Buchstaben im Baum, dem Pokal mit Ihrem Namen und dem Grabstein?«

Smith lächelte nach langer Zeit wieder: »Nichts einfacher als das. Der Stempel war eine Fälschung und so ein Zweicentstück bekommt man bei jedem Trödler. Dass mein Name auf dem Baum, dem Pokal und auf dem Grab stand? Nun, John Smith heißen Tausende in Amerika. Da muss man nur aufmerksam suchen. Ich hätte noch ganz andere vermeintliche Beweise für John Smith liefern können.«

Peter blickte stolz auf seine beiden Freunde, weil er mit seinen Zweifeln Recht hatte. Doch eine Sache wollte er dennoch wissen. »Wie war das aber mit der Zeitmaschine? Immerhin hat sie doch die ganzen Geräusche und den Nebel gemacht?«

»Das waren nur einfache technische Spielereien. So etwas bekomme ich gerade noch hin. Ein bisschen Licht und Dampf, das ist alles.«

Justus hatte auch noch eine Frage. »Woher konnten Sie wissen, dass wir zurück zum Hausboot kommen würden?«

Smith griff in seine Hosentasche und zog ein kleines Gerät mit einer Antenne hervor. »Ich wusste, dass man mich hier suchen würde, wenn ich nicht wieder bei der Zeitmaschine erscheine. Darum hab ich diesen kleinen Piepser immer bei mir getragen. Als der richtige Code eingetippt wurde, bekam das Ding hier ein Funksignal und fing an zu piepen. Das war für mich das Zeichen. Ich rannte schnell vom Schuppen, wo ich immer als Fischer verkleidet saß, auf das Hausboot. Dann riss ich mir den Bart ab, zog mich um und legte mich unten im Maschinenraum auf den Boden. Die gelben Gummistiefel und so hatte ich vorher in der Toilette versteckt. Wohl kein so gutes Versteck.«

Die drei wollten noch viele weitere Fragen stellen, als sie aus der Ferne Boris Zarkow wütend schreien hörten.

Abgetaucht

Smith zuckte zusammen. »Jetzt hat er entdeckt, dass die Zeitmaschine nicht funktioniert. Ich bin erledigt. Zarkow wird sich an mir rächen. Das ›Dritte Auge‹ versteht keinen Spaß.« Ängstlich kroch er in eine Ecke und sah verstört auf den Boden. Albert legte ihm die Pfote auf die Schulter.

Die drei ??? sahen sich an. Sie fühlten sich nicht besonders wohl, denn ohne sie wäre es schließlich nicht dazu gekommen. Draußen hörten sie den Professor vor Wut im Lieferwagen toben.

»Wir müssen irgendetwas unternehmen!«, flüsterte Bob. »Zarkow und die Venetti-Brüder werden gleich zurückkommen — wer weiß, was dann passiert?«

Sie berieten sich kurz, dann ging Justus auf den erfolglosen Erfinder zu. »Wir haben eine Idee, wie Sie halbwegs gut aus der Sache herauskommen.«

Smith hob hoffnungsvoll den Kopf.

»Sie müssen sich nur genau an das halten, was wir Ihnen gleich sagen werden!«

»Ich mach alles, was ihr mir sagt. Hätte ich doch nur nicht mit dieser Lügengeschichte angefangen. Also, was soll ich tun?«

In diesem Moment wurde die Tür des Liefer-wagens geöffnet. Zarkow brüllte und kam auf den Steg gelaufen.

»Hören Sie nun genau zu und stellen Sie keine Fragen. Sie stehen jetzt auf, klettern durch das

Fenster hier und lassen sich leise ins Wasser gleiten. Zarkow darf Sie nicht sehen.« Smith nickte heftig, als Justus ihm das erklärte. »Dann schwimmen Sie ans Ufer und rennen zur Zeitmaschine in den Lieferwagen. Wenn Sie dort sind, starten Sie den Apparat. Sie wissen schon, das Licht, den Dampf, den lauten Knall und den ganzen Zauber.«

Der Erfinder sprang auf und öffnete das kleine, verschmierte Fenster. »Ja, ja, das ist ein Kinderspiel für mich. Und wie geht's dann weiter?« Justus und seine beiden Freunde halfen ihm beim Hinauskrabbeln. »Nichts geht weiter, die Geschichte ist damit zu Ende. Sie laufen weg und lassen sich die nächsten Wochen nicht mehr blicken. Damit kennen Sie sich ja aus. Wir übernehmen den Rest.«

Smith tauchte geräuschlos ins Wasser ab. »Aber was ist mit meinem Hund? Ich kann nicht ohne Albert!«

»Der wird Sie schon finden, wenn alles vorbei ist. Los jetzt! Zarkow kommt gerade auf das Boot!«

Justus schloss eilig das Fenster.

Oben wurde mit einem Krachen die Tür aufgerissen. Helles Licht schoss in den Raum. Zarkows weiße Haare standen wild von seinem Kopf ab. »Wo ist Smith? Wo ist der Kerl?«, schrie er atemlos.

Die drei ??? zuckten mit den Schultern.

Der wahnsinnige Professor sprang die Treppe herunter. »Ihr miesen kleinen Schnüffler! Ich habe euch eine Frage gestellt und darauf erwarte ich eine vernünftige Antwort! Also, raus mit der Sprache!« Die Venetti-Brüder knirschten wieder mit den Zähnen.

Bob trat einen Schritt nach hinten und blickte kurz auf die Klappe zum Maschinenraum. Boris Zarkow bemerkte es und begann teuflisch zu grinsen. »Verstehe, der feige John Smith verkriecht sich da unten. Unser Freund hat mir nicht alles über die Zeitmaschine erzählt. Ich hab mich auf den Stuhl gesetzt und den Code eingetippt. Aber außer ein bisschen Hokuspokus ist nichts passiert. Es muss noch einen Trick geben und den soll er mir jetzt auf der Stelle verraten!«

Dann beugte er sich nach unten und blickte in den finsteren Maschinenraum. »John Smith ...

mein lieber, guter Mister Smith. Wo sind Sie? Hier ist der nette Boris Zarkow. So antworten Sie doch! Es gibt ein klitzekleines Problemchen mit Ihrer Maschine.«

Nichts geschah.

Der Professor begann am ganzen Körper zu zittern. Er konnte seine Wut kaum noch verbergen. »Na schön, Smithilein, wenn Sie es nicht für mich machen wollen, vielleicht machen Sie es für die drei kleinen Racker hier oben.«

Justus, Peter und Bob wichen erschrocken zurück.

Jetzt nahmen die Venetti-Brüder zum ersten Mal ihre Sonnenbrillen ab. Jeder von ihnen hatte ein Glasauge.

»Das dritte Auge ...«, flüsterte Peter und musste schlucken. Langsam kamen die zwei großen Männer auf sie zu.

»Was ist jetzt, Smith. Das ist die letzte Chance für die kleinen Strolche!«, rief Zarkow.

Die drei ??? rutschten ängstlich mit dem Rücken an der Wand auf den Boden. Die Venetti-Brüder standen jetzt genau über ihnen. Beide begannen düster zu lächeln. Dann zogen sie gleichzeitig ihre Hände aus den Jackentaschen. Zwischen Daumen und Zeigefinger hielt jeder eine kleine spitze Nadel.

Flucht in die Zukunft

Plötzlich hörte man von draußen einen lauten Knall.

»Was war das?«, schrie Zarkow. Doch dann begriff er. »Verstehe, ihr wolltet mich reinlegen. Der gute Smith ist gar nicht hier unten. Schlau gedacht. Ihr wolltet Zeit schinden, damit er sich mit der Zeitmaschine aus dem Staub machen kann. Wieder zurück ins Jahr 1864. Los, vielleicht kommen wir noch rechtzeitig!«

Er schnipste mit den Fingern und die Venetti-Brüder steckten die Nadeln wieder weg.

Die drei ??? atmeten auf. »Das war in allerletzter Sekunde«, keuchte Bob. Peter war kreideweiß. »Ich hab schon den Einstich gespürt. Mir ist ganz schlecht.« Justus wollte auch gerade etwas sagen, als er von einer Venetti-Hand am Kragen nach oben gezogen wurde. »Mitkommen! Alle!«

Sekunden später standen sie auf dem Bootssteg. Zarkow spuckte vor Wut. »Schnell, schnell, wir müssen ihn aufhalten, sonst ist alles umsonst!«

Die drei ??? stolperten unter dem Griff der Venetti-Brüder den Steg entlang zum Lieferwagen. Zarkow packte den Türgriff und riss die Tür auf.

Eine dichte Nebelwolke quoll ihnen entgegen. Der Professor musste husten und versuchte den Qualm beiseite zu fächern. Alle blickten gespannt ins Innere.

Vor ihnen stand die Zeitmaschine und vibrierte noch ein wenig. Von Smith war nichts zu sehen. Justus, Peter und Bob grinsten sich unbemerkt an.

Boris Zarkow stürzte sich auf die vier Tasten und tippte hektisch die Kombination ein. »Komm zurück, Smith! Komm zurück!« Doch nichts geschah.

Das war zu viel für den Professor. Laut fluchend sprang er um den Wagen. Dann riss er sich den Hut vom Kopf und trampelte darauf herum. Schließlich jagte er auf die Venetti-Brüder zu und trommelte ihnen außer sich mit der Faust auf die Brust. Zu guter Letzt trat er abwechselnd jedem der beiden schnaubend in den Hintern.

»Aua, Chef, warum schlägst du uns?«, jammerten die Venetti-Brüder.

Zarkows Stimme überschlug sich. »Weil ich diese Rotzgören nicht schlagen darf. Glaubt ihr, ich will in den Knast? Und irgendjemanden muss ich jetzt schlagen.«

Langsam beruhigte sich der Professor wieder. »Das war es dann eben. Ohne Smith ist diese Maschine wertlos für mich. Ich werde sie verschrotten lassen. Jammerschade! Ich wusste, dass es irgendwann einmal einen tüchtigen Erfinder geben würde, der so eine Zeitmaschine baut. Ich hätte damit die Welt verändert. Die Macht über die Zeit, über die Menschheit und über die Geschichte hätte in meinen Händen gelegen. Doch jetzt ist er weg. Auf und davon mit seinem Geheimnis.« Zarkow war am Boden zerstört.

Justus betrachtete die Zeitmaschine. Dann zeigte er auf die merkwürdige Uhr mit den Jahreszahlen. »Ich bin gar nicht so sicher, dass John Smith wieder in die Vergangenheit gereist ist.«

Zarkow wirbelte herum und blickte auf den Zeiger der Uhr. Smith hatte ihn verstellt. Er stand auf dem Jahr 3455.

»Verdammt«, grunzte der Professor. »Flucht in die Zukunft.«

Er und die Venetti-Brüder setzten sich nach vorn in den Wagen und der Motor wurde gestartet. Boris Zarkow kurbelte die Scheibe herunter und sprach fast freundlich zu den drei ???. »So, meine Lieben, damit ist unser gemeinsames Abenteuer beendet. Ich würde euch davon abraten, zur Polizei zu gehen. Ich habe nichts Unrechtes getan. Aber macht, was ihr wollt, ich habe gute Anwälte. Und Mister Smith wird wohl kaum gegen mich aussagen — schließlich lebt er weit weg in der Zukunft.«

Justus lächelte freundlich zurück. »Ach, wissen Sie, Professor, die Zukunft ist manchmal näher, als man denkt!«, rief er ihm hinterher.

Irgendwo hinter den Schuppen am Hafen, weit draußen zwischen den Sträuchern und Büschen hörte man plötzlich Albert freudig bellen. Er hatte sein Herrchen gefunden.

In sehr naher Zukunft wartet schon das nächste Geheimnis auf Justus, Peter und Bob. Die drei ??? geraten in ein gruseliges Abenteuer auf einem Jahrmarkt. Gänsehaut garantiert!

STECKBRIEF

Name:
Justus Jonas

Alter:
10 Jahre

Adresse:
Rocky Beach, USA

was ich mag:
essen, lesen, unbeantwortete
Fragen + Rätsel aller Art, Schrott

was ich nicht mag:
wenn ich Pummelchen genannt
werde, für Tante Mathilda aufräu...

was ich mal werden will:
Kriminologe

Kennzeichen:
das weiße Fragezeichen

was ich mag:
schwimmen
Justus und

was ich nicht mag
für Tante M
räumen, l

was ich mal werde
Profisportle
100 Jahre a

Kennzeichen:
blaues Fra

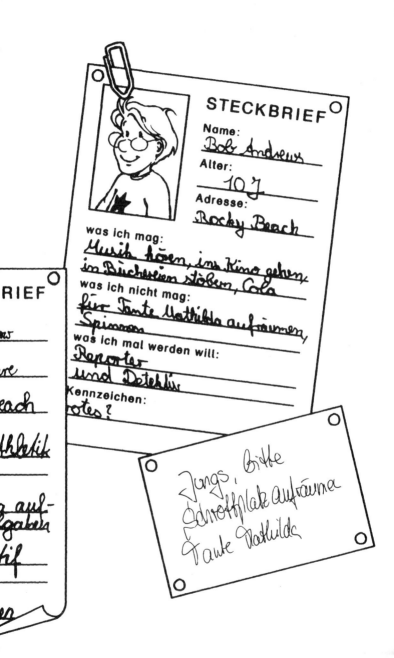